闻香少女

神秘的异乡人

[日] 上桥菜穗子——著　　李　青——译

主要人物介绍

爱伊莎·凯尔安： 拥有敏锐嗅觉的少女。西坎塔鲁藩王的孙女。

奥莉耶： 香君。利格达尔藩王国小贵族的女儿。

马修·卡修加： 藩王国视察官。他的父亲尤马是新卡修加家族前家主的弟弟。

拉奥·卡修加： 旧卡修加家族的家主。统领香使的大香使。

米吉玛·奥尔卡修加： 效力于香君宫的高级香使。拉奥的次女。

伊尔·卡修加： 新卡修加家族的家主。富国大臣。

尤吉尔·卡修加： 伊尔·卡修加的儿子。

尤马·卡修加： 马修的父亲，在马修十七岁时失踪。

阿米尔·卡修加： 与皇太祖一同前往神乡奥乐玛茨拉，带回了第一代香君。卡修加家族的始祖。

凯尔安王： 爱伊莎的祖父。曾经是西坎塔鲁藩王，被赶下了王位。

米尔查·凯尔安： 爱伊莎的弟弟。

乌查： 凯尔安王的忠臣。抚养爱伊莎、米尔查，后来被他们亲切地称为“爷爷”。

塔克： 拉奥的表兄，生活在尤吉诺山庄。和妻子莱娜生了一对双胞胎儿子。

乌莱利： 藩王国视察官。马修的同僚。

奥拉姆： 高级香使。新卡修加家族的亲戚。

奥洛奇·穆亚： 马修的部下。擅长驯犬。

丘库齐： 西坎塔鲁藩王国的藩王。

奥德森： 乌玛鲁帝国的皇太子。后来成为皇帝。

目　录

第二章 奥莉耶

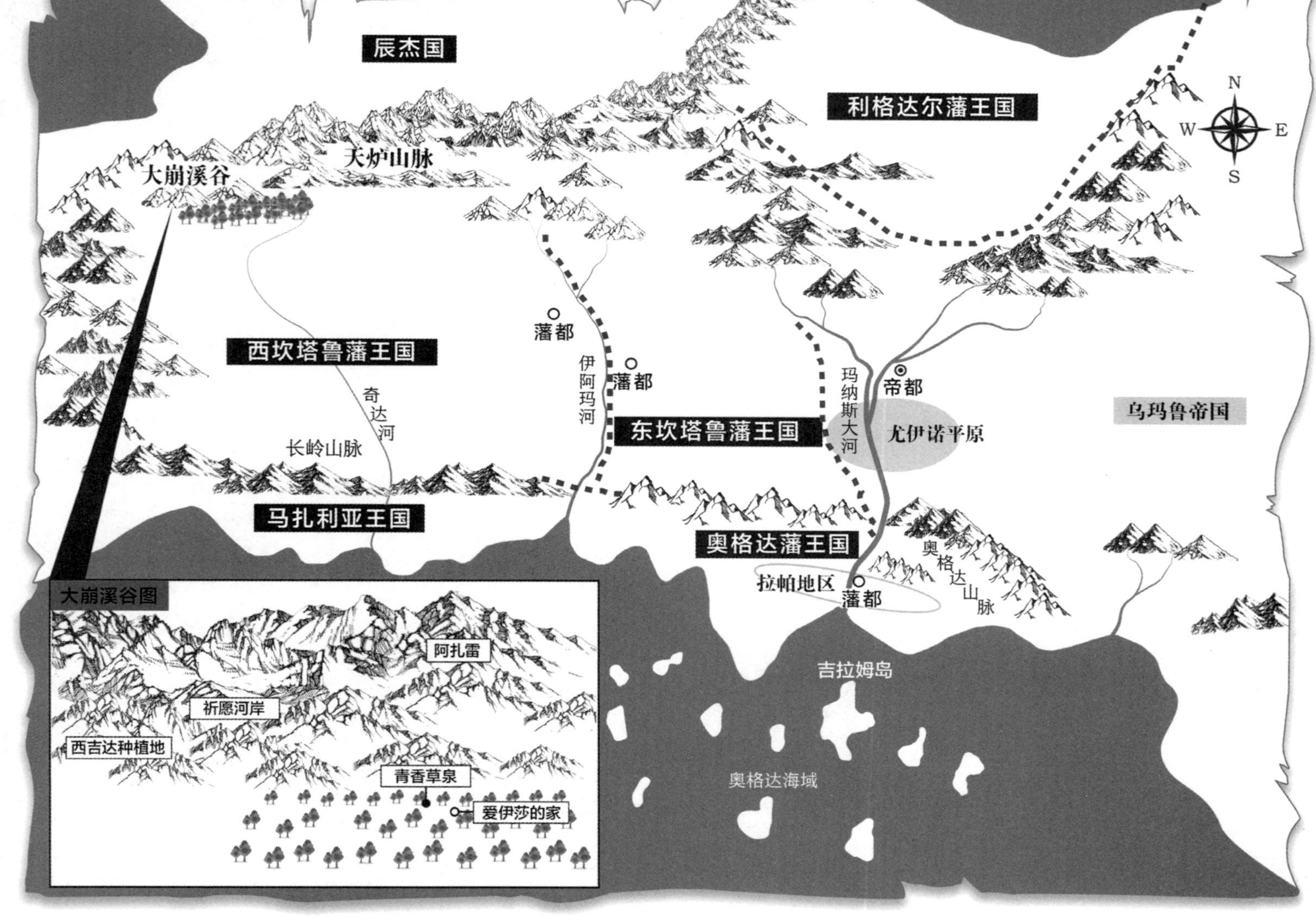

辰杰国
利格达尔藩王国
N
W
E
S
天炉山脉
大崩溪谷
藩都
西坎塔鲁藩王国
伊阿玛河
藩都
玛纳斯大河
帝都
乌玛鲁帝国
奇达河
东坎塔鲁藩王国
尤伊诺平原
长岭山脉
马扎利亚王国
奥格达藩王国
奥格达山脉
拉帕地区
藩都
大崩溪谷图
阿扎雷
吉拉姆岛
祈愿河岸
西吉达种植地
青香草泉
爱伊莎的家
奥格达海域

序章
蓝色的花

风在耳边低吟，吹拂着发丝。

午后下过一阵雨，打湿了大地。双手双脚紧紧抓住岩石，岩石冷得像冰一样。

“姐姐！”

尖叫声传来，细小的泥块滑落。

爱伊莎猛地从岩石上腾出一只手，按住弟弟在暮色中隐约可见的白色鞋跟，支撑住他。

刚撑住弟弟的身体，爱伊莎自己的身体一斜，抓着岩石的另一只手差点脱落。她拼命重新抓住岩石，勉强稳住身体，这才吐出一口气，膝盖开始发抖。

掉下去必死无疑。

爱伊莎咬紧牙关，使劲撑着弟弟，直到他踩在岩石的低凹处，稳住身体。

弟弟的身体稳住以后，有好一会儿，爱伊莎还是保持那个姿势没法动弹。

她喘着粗气，等待眩晕的感觉消失。

她突然意识到，就算能翻过这条悬崖边的小路，十有八九也无法逃脱。因为从岩石上方飘来了一股强烈的、令人作呕的味道，混杂着皮革、金属和汗水的气味。

老臣乌查告诉她很少人知道这条路，可现在却有战士埋伏在这里，这只能说明他已经被敌人抓住了。乌查为了让她和弟弟逃跑，主动成为诱饵，想要引开敌人。

乌查爷爷不会出卖他们。显然，是这些战士已经猜到爱伊莎他们要往哪儿逃，抢先一步埋伏在这里。

“干脆放开这只手吧。”

眼前隐约可见弟弟沾满泥土的鞋。想起弟弟收到这双鞋时脸上的笑容，爱伊莎神情一变。

突然，四周变得明亮起来。

云被风吹散。即将西沉的夕阳射出几道光，照在岩石上。

在这突如其来的光线的照射下，爱伊莎看见扎根在岩石裂缝中的一株小草，开出了小小的蓝色花朵。在风的吹拂下，花朵摇摇欲坠，却始终没有被吹落。

花香的声音随风飘来，微弱而绵长，像丝线一样。听到花香发出的声音，虫子很快就会乘风而来吧。

“姐姐……”

声音再次传来。随着冷风而来的是一股令人恐惧的气味，像蜷缩成一团的惊恐的小狗散发出的气味。

“坚持住，米尔查！”爱伊莎大声说，“牢牢抓住岩石，往上爬！万一掉下来我会撑住你的！”

差一点儿就要爬到山顶了。

感到头顶上的弟弟开始往上爬，爱伊莎也开始慢慢往上爬。

第一章

相遇

·1·

利塔兰

刚刚还看不清的篝火的颜色，不知何时在蓝色的黑暗中清晰地映照出来。

把帐篷吹得啪嗒啪嗒响的风也柔和了几分。

营地各处搭满了帐篷。一顶顶帐篷里升起袅袅炊烟，消散在夕阳下的天空中。空气中弥漫着晚饭的香味。

“看来小兵们能早点儿吃上饭。”和一群面容精悍的男人一起坐在折叠椅上的大胡子男人小声嘟囔道。

马修低头看着满脸胡子的同僚乌莱利，笑着说：“你不用陪我，我一个人盯着就行了。”

乌莱利想开玩笑说些什么，没说出口。他把视线转向草原，低声说：“可以，我也想这么做。”

暮色四合，隐约可见雄伟的天炉山脉，山脚下广阔的草原，以及迎面而来的十几个骑兵手中的火把发出的光。

“奥洛奇。”乌莱利扭过头，看着站在身后的男人。男人脚边的猎犬猛地抬起头，仿佛乌莱利叫的是自己的名字。

“嗯。”奥洛奇摸着猎犬的头应声。

“你说嫡子八岁左右，姐姐也才十五六岁？”

“嫡子九岁，姐姐十五岁。”

乌莱利点点头，叹了口气。

“何必特地去抓他们，任他们自生自灭……”

乌莱利抬头看看马修，接着说：“你不觉得吗？如果说有某一方势力拥戴他那另当别论，一个被百姓憎恶并被赶下王位的藩王的后裔，能翻出什么水花？

“他也是这么想的，所以才一直没管他们吧。为什么事到如今，在战争的关键时刻，丘库齐要把他们抓回来呢？”

马修没有回答他的问题，紧盯着远处的骑兵，喃喃自语道：“果然是从那边来的。”

乌莱利皱起了眉头。

“什么从那边来的？”

“那些骑兵。负责追捕的士兵是从那边回来的，说明姐弟俩想逃到位于天炉山脉的‘大崩溪谷’里去。”

乌莱利站起来，和马修并肩而立。

“你刚才说‘果然’。你猜到了？”

马修瞥了乌莱利一眼。

“他们想逃的话，只能往那儿逃。”

“怎么会？他们一直躲在森林里，比起爬危险的山路，不如往东边的森林逃来得轻松。”

“他们觉得就算冒险，逃到天炉山里就能活下来吧。”

“为什么？”

“你刚才说百姓都很憎恨凯尔安王，可天炉山里有些人并不恨他。”

乌莱利神情一肃。

“我不知道这事。天炉山区的百姓？哪个部落的？”

马修目不转睛地盯着迎面而来的骑兵，他们的身影已经清晰可见。

“不知道的不只是你，应该说知道这事的人很少。”

乌莱利眯起双眼。

“你什么时候知道的？”

马修看着乌莱利，平静地说：“我吗？我从小就知道。”

藩王丘库齐的一个亲信从他所在的大帐篷里走出来。借着暮色环视一圈，看到马修等人，快步朝他们走来。

男人双手交叉放在胸前，鞠了一躬。

“视察官大人，丘库齐大人让我来告诉您，俘虏马上就到，请您到帐篷里去。”

“我知道了。”马修点点头，回答道。

亲信又深深鞠了一躬，领着两人往帐篷走去。

对于控制着四个藩王国的乌玛鲁帝国的皇帝来说，藩王国视察官就是他的“眼睛”和“耳朵”。

藩王国的“藩”源于乌玛鲁语中“藩（读音：拉契）”，意为“划分领地、守卫领地”。

藩王国曾经是独立的国家，被纳入乌玛鲁帝国的统治后，也保有一定的自治权。藩王肩负着守护帝国版图边界（藩）的责任。藩王对于昔日自己统治下的国家，有一定的支配权，但并非独立国家的君王。丘库齐作为西坎塔鲁藩王国的藩王，不能对马修等人有任何隐瞒。

马修与乌莱利留下护卫的武士们，缓步向丘库齐的大帐篷走去。黑暗中，明亮的帐篷格外引人瞩目。

大帐篷里比从外面看到的更加宽敞。

排烟的天窗敞开着，帐篷中央的火炉上红色的火焰跳跃着。到处点着灯，借着灯光隐隐能看见靠墙而坐的重臣和氏族长脸上的表情。

正对着帐篷入口处，摆放着一个由红、蓝、金三色构成的祭坛。藩王丘库齐背对祭坛，坐在一张大椅子上，小声和身旁的亲信说着什么。看见马修等人进来，丘库齐起身颔首，用手示意他们坐在旁边的椅子上。

帐篷外冷风吹拂，帐篷内热气蒸腾。各人面前摆放着一张小桌子，桌上摆着润喉的果汁，饱腹的果实、果干。

马修两人落座后不久，便传来宣告俘虏到来的钟声。喧闹声戛然而止，大帐篷里安静下来。

丘库齐再次落座，从亲信手里接过布巾，擦拭额头和脖子上的汗。

丘库齐身材魁梧，丝毫不给人松垮的感觉，皮肤晒得黝黑。他长得很高，手脚也很长，最吸引人目光的是他的眉毛和眼睛。被他那双大眼睛盯着看，任谁都会感到不安。

他出身于某王室的旁系，和王室多少有些血缘关系。他骁勇善战，答应皇帝若有战事发生，他将成为守护帝国的屏障。以此为条件，得以从皇帝手中借到兵，打败了前任藩王，成为西坎塔鲁藩王国的藩王。他的前任在凯尔安王被赶下台后登上藩王宝座，却无法阻止氏族之间大大小小的冲突。

眼下，还有一个氏族不承认丘库齐的地位，因此还不能说他统治了整个西坎塔鲁。不过，在马修看来，照目前的形势，丘库齐很快就能平定这场叛乱。

皇帝希望丘库齐能迅速平定西坎塔鲁。马修也希望如此。

门帘被往两边高高掀起，寒冷的晚风吹进帐篷。

两个强壮的士兵裹挟着寒气，走进帐篷。其中一人带着一个男孩，另一人带着一个身形纤细的女孩。

两人虽然没有被绳子捆着，但惯用的那只手被士兵抓住了。其中一名士兵将一只手臂贴在胸前，说道："谨遵您的命令，我们带来了凯尔安的后人。"他的声音十分洪亮。

丘库齐点点头，说了几句慰劳士兵的话，示意他们可以退下。

士兵们面露犹豫之色。

"怎么了？你们可以退下了。"

丘库齐说完，其中一个士兵开口说："请恕我冒昧。姐姐并未表示服从，如果放手，不知道她会做出什么。"

丘库齐浓眉上扬。

"原来如此。我会注意。你们放手！"

士兵们鞠了一躬，各自放手，后退一步，仍目不转睛地紧盯着女孩，以便随时能制服她。

女孩没有动，连眉头也没动一下，黑曜石一样乌黑的眼睛直视着丘库齐。

丘库齐也看着女孩，问道："你们是凯尔安的孙子米尔查、孙女爱伊莎，对吧？"

女孩开口说："我对篡位者无话可说！"

她的声音有些沙哑，却很坚定。

丘库齐叹了口气。

"果然是毫无恭顺之意。"

他缓缓站起来，低头看着姐弟俩，从旁边的剑架上抽出长剑，用剑鞘狠狠敲击地面。

重臣们感到惊讶，姐弟俩也吓了一跳。弟弟脸一皱，啜泣起来。

“你弟弟在哭呢。”丘库齐目不转睛地看着女孩说。

“先弄清状况和立场再说话。你弟弟的脑袋会不会从你眼前飞过去，全看你的态度。”

女孩吓得脸色发青。她抬头看着丘库齐，过了好一会儿，低声说：“那是骗人的。”

丘库齐浓眉一皱。

“骗人？”

女孩点点头。

“是由我的态度决定的吗，我们的生死？”

丘库齐睁大眼睛盯着女孩看了半晌，问道：“如果不由你的态度决定，那你们的命运由什么决定？”

就在他以为女孩需要思考一会儿时，女孩马上说：“你的得失。”

重臣们微微打了个寒战。

马修的视线从女孩身上转到丘库齐身上，心想：“他会怎么回答？”

丘库齐陷入沉默，盯着女孩看了很久，终于叹了口气说：“我的得失吗？……你说的倒也没错。”

随后，他一屁股坐回椅子上。

丘库齐从小桌上端起镶嵌着金饰的碗，咕嘟一声喝干奶酒，用亲信递过来的布巾擦了擦嘴角，顺便也擦了擦脸上和脖子上的汗。

然后，他再次把脸转向女孩。

“你没说错，但也不完全对。你们的存在，与其说是对我不利，莫不如说是对整个帝国不利。”

弟弟困惑地看着姐姐。姐姐没有看弟弟，只是目不转睛地看着丘库齐。

“你们想往天炉山脉逃，准确地说，是想逃到‘大崩溪谷’去吧。”

看着女孩的表情，丘库齐补充道：“你别误会，不是那个老家伙告的密。他是个令人敬佩的忠臣，一把年纪还在拼死抵抗。是我早就察觉到他可能是诱饵，从一开始就把士兵分成了两路。”

看着女孩的表情变得僵硬，丘库齐说：“乌玛鲁帝国的视察官大人告诉了我，你们可能往哪里逃。”

乌莱利打了个寒战。虽然他没有朝马修这边看，但他全身似乎都在说着“我很惊讶”。

马修的表情没有一丝变化，依然盯着丘库齐和年轻的女孩看。

丘库齐淡然地说：“你们的存在，不仅对西坎塔鲁，对帝国而言也不是好事。你知道这是为什么吗？”

女孩的脸色越来越苍白，大概是明白了自己已经无路可走。

大帐篷里只有丘库齐的声音在回响。

“你们的祖父凯尔安是个愚蠢的人！因为他，很多百姓活活饿死了。在这个国家，有一大半人打从心底憎恨凯尔安，我也是其中之一。”

女孩眼神明显动摇了，脸色愈发苍白。

丘库齐把奶酒倒入碗里，咕嘟一口喝干。

“没想到，在这边境之地，还残留着敬重你们的家伙。那群被称为‘幽谷之民’的家伙。本来，我觉得他们没多少人，又生活在边境山区，没有夺取政权的野心，所以一直没有理会。可现在，他们的存在成了一种麻烦——他们统治的地方太敏感。”

马修听到身旁的乌莱利嘟哝了一声“原来如此”。

这次远征想要征服的氏族只统治了大炉山脉西边山麓，没能控制山中的部落。

虽然他们本身并没有和丘库齐率领的远征军长期抗争的实力，可若得到位于天炉山脉对面的辰杰国的帮助，就有可能逆转形势。

天炉山脉环绕西坎塔鲁北部和西部，因山势险峻，军队从辰杰国方面能够发动进攻的地方很少。而且在这样的地方都修建了堡垒，由帝国军和西坎塔鲁军共同防守。

在天炉山脉以西的大崩溪谷有一条山路，如果是长于山地作战的小部队，能够借此从辰杰国进入西坎塔鲁，而那里没有堡垒。

大崩溪谷附近的地面，下方有很多意想不到的空洞，一旦踩空就有性命之忧。因此，必须有人带路。

只要统治大崩溪谷一带的山地民族“幽谷之民”不站在辰杰国那边，他们的士兵就无法进入西坎塔鲁。而且，除非率领大军进攻，否则辰杰国也无法征服对大崩溪谷了若指掌的“幽谷之民”。鉴于此，长期以来，不管是西坎塔鲁的藩王，还是帝国，都不太重视这个地区。

然而，倘若“幽谷之民”仍然尊凯尔安的子孙为王室正统，则很有可能因为敌对氏族拥戴这两个人而使形势扭转。

坐在帐篷边的氏族长中有一部分人露出恍然大悟的表情，终于明白了为什么会发生眼前这一幕。

从藩王国南部及东部远道而来，参加此次远征的氏族长，对天炉山脉西边的情况并不了解。这些人刚刚归顺，为避免节外生枝，丘库齐特意没有告诉他们详情。

“你们就像河堤上的蚂蚁洞，如果是平时，放任不管也无所谓。可如果暴风雨来临，河堤就会从那里开始崩塌，导致灾难向整个国家蔓延。

“我不是一个冷酷无情的人，也不忍心因为你们是那个男人的子孙就杀了你们，但这也是没有办法的事。虽然也可以把你们囚禁在我身边，可这么做难免留下后患。”

说完，丘库齐顿了顿，突然露出一脸疲惫的神情。

“事情就是这样。——要恨，就恨你们的出身和命运吧！”

丘库齐扬了扬下巴，刚才的士兵走上前，准备抓住姐弟俩的胳膊。

弟弟很害怕，向姐姐伸出了手。紧紧握住弟弟的手之后，姐姐抬头看向丘库齐，苍白的脸上浮现出一丝犹豫的神色。女孩想说些什么，一转念，又闭上了嘴。

丘库齐感到诧异，皱了皱眉头。

“你有什么想说的吗？”

女孩想了一会儿，终于下定决心似的说：“你被下毒了。”

丘库齐紧紧皱起眉头，盯着女孩看，又用布巾擦了擦脸上和脖子上的汗。丘库齐一直在出汗，汗水用布巾怎么擦也擦不干。身旁的人也发现他被汗水打湿了。

“你说什么？”

女孩看着丘库齐，从她的眼神看不出她在想什么。

“你身上有冥草的味道。你被人下毒了。”

重臣议论纷纷，有些人不禁站了起来。

丘库齐一边擦着滴到眼里的汗水，一边露出无畏的笑容。

“这是你临死前对我的诅咒吗？你的大胆让我刮目相看。不过，要撒谎，你也应该撒个更有说服力的谎。”

“我没有撒谎。”

“你明显是在撒谎。冥草根熬出来的毒药，无色无味。”

女孩脸上露出“原来如此”的表情。

“……那你就当我在撒谎吧。”

女孩叹了口气，抱着弟弟的肩膀，转过身不再看丘库齐。士兵慌忙抓住她的手，拉着她往帐篷门口走去。

马修猛地站起来，对他们说：“等等！”

姐弟俩停下脚步，看向马修。丘库齐和重臣们面带惊讶地看着马修。

马修问女孩：“爱伊莎·凯尔安殿下，你能从我身上闻到什么味道吗？”

女孩直勾勾地盯着马修，那是一双让人联想到黑曜石的黑色眼睛。

就在马修以为她什么都不会回答的时候，女孩轻轻皱了皱眉头，开口说：“你是利塔兰？”

马修瞪大了眼睛。一股寒意从眉心向四周蔓延，心脏开始剧烈地跳动，跳得他有些喘不上气，嘴唇发麻。

马修用沙哑的声音问道：“你为什么这么想？”

女孩皱着眉头说：“因为你身上有青香草的气味。”

马修茫然地看着女孩。

“喂，你怎么了？”

顾不上回答乌莱利的问题，马修大步向丘库齐走去。

走近一看，丘库齐的状态显然有问题，他的眼神失去了焦点。

马修转向一旁的亲信，厉声说：“快！叫医术师把卡茯芦拿来！

千万别弄错！是卡茯芦！再端一大盆水来！快！”

紧接着，他对抓着姐弟二人的士兵说：“把他们带走，好好看着他们！”

“咚！”一声闷响，好像面粉袋子掉在了地上。马修回头一看，丘库齐从椅子上滑下来，倒在了地上。

重臣们纷纷起身，你一言我一语，帐篷里一片混乱。马修跑向乌莱利，压低声音，飞快地说道：“你跟着那姐弟俩，把护卫也带上，别让任何人接触他们。注意饮食和除虫的烟雾，别让人有机会下毒。然后，晚点让奥洛奇来找我。”

乌莱利无言地点了点头，向姐弟俩走去，带着两人跟着士兵们一起走出了帐篷。

·2·

无味之毒

直到第二天黎明时分，丘库齐才转危为安。

在那漫长的一夜里，重臣们轮番前来，想看看丘库齐。但马修不允许任何人进入帐篷，只让他们站在门口看了看。

在弄清是谁下毒之前，马修这么做合情合理。因此，虽然有人面露怒色，但并没有人执意要闯入帐篷。

唯一被允许进入帐篷的只有马修的部下奥洛奇。马修在给他下了一系列具体指令后，让他和与他形影不离的狗一起回到营地去。

马修和医术师一起在丘库齐床前守了一整夜，在藩王病情稳定后，他才在帐篷一隅铺上被褥，迷迷糊糊睡了一觉。

快到晌午时分，马修才醒来。丘库齐还在沉睡之中，发出绵长而平缓的呼吸声。

马修站起来走到帐篷外面，深深吸了一口气。

扑面而来的是被雨淋湿的青草的气味。说起来，他在梦里似乎听见了骤雨拍打帐篷的声音。这个季节，这一带经常有骤雨造访。

乌云密布，天色昏暗，强风阵阵。每当大风吹开层层乌云，一缕缕阳光就会透过缝隙照亮天炉山脉。

正是准备午饭的时间，烟火味中混杂着煎米饼的香味。

听到脚步踩在草地上发出的声音，马修回头一看，只见奥洛奇正带着他的狗迎面走来。

“怎么样？”马修问。

“如您所料。”奥洛奇低声回答。

“有吗？”

“有。”

听完奥洛奇的详细报告，马修笑着说：“辛苦了，去休息一会儿吧。”

奥洛奇行了一礼，转身离去。马修冲着他的背影说：“别忘了给你的‘伙伴’吃顿好的！”

奥洛奇回头，嘴角勾起一抹弧度，点了点头。狗大概知道是在说自己，轻轻摇了摇尾巴。

深吸一口气，马修转过身去，在心里默默地说：“接下来……还有一场硬仗要打。”

从明亮的室外走进帐篷，有那么一瞬间，马修什么也看不清。

眼睛适应帐篷里昏暗的光线后，他看见了躺在火炉旁的床上的丘库齐和守在他身边的医术师。空气中混杂着柴火味和汤药味。

马修走到丘库齐床头。不知是不是被马修的脚步声吵醒了，丘库齐微微睁开眼睛，做出想喝水的动作。

医术师扶起丘库齐的头，把水杯放到他嘴边。丘库齐咕嘟咕嘟喝了起来。

看他没有被呛到，医术师松了一口气。

丘库齐咳了两三声，想把嗓子眼的痰咽下去。随后，他抬起头，看着马修，眼神逐渐清明。

“我中的……真的是冥草的毒？”丘库齐声音沙哑地说。

马修把目光转向医术师。壮年医术师开口说：“虽然没有确凿证据，但我认为应该是的。因为您的症状和中冥草毒的症状十分相似。给您喝的是解冥草毒的汤药，也很有效。”

丘库齐板着脸问：“冥草不是无色无味的吗？”

“是的。”医术师点点头。

丘库齐把视线转向马修。

“那，为什么那个女孩说我的汗水散发出冥草的气味呢？”

如果被问到这个问题，该怎么回答。——昨晚，轮到马修守着丘库齐时，他一直在思考这个问题。脑海中出现过许多答案，但每一个都令他有所犹豫。

然而，当真正被问到这个问题时，他毫不犹豫地说出了心中的答案。

马修看向医术师，问他："丘库齐大人看起来已经稳定了，你离开一会儿也没事吧？"

医术师跪行到丘库齐身边，把了把脉，随后点点头。

"我离开一会儿应该没事。"

"那你下去休息一会儿吧。如果丘库齐大人有什么不舒服，我马上通知你。"

医术师行了一礼，走出帐篷。

等到听不见他的脚步声后，马修转头看着丘库齐。

"关于刚才您问的问题，我想是那个女孩真的闻到了冥草的气味吧。她的鼻子恐怕比一般人灵得多。"

丘库齐的眼睛闪过一道光。

"你特地把人支开，就为了说这种玩笑话吗？我想知道的是她为什么要多说那一句。她知道我被人下毒了。也就是说，她和下毒的人是一伙的……"

马修慢慢地摇了摇头。丘库齐皱起眉头，焦躁地说："你说不是这样？哪里不对？"

"那个女孩和下毒的人没有关系。"

"你为何这么肯定？"

"因为她告诉您，您中毒了。您不也觉得奇怪吗？"

"……"

"她完全没必要说那句话。您一死，她和弟弟就能得救。假如她和下毒的人是一伙的，她绝对不会那么说！”

马修轻轻叹了口气。

“虽然看起来很坚强，可她毕竟才十五岁。想到自己如果默不作声，就会有人因此丢掉性命，她才没忍住说出口的吧。”

“对方可是想要她性命的人。”

“即便如此，有些人也做不到见死不救。”

“可是，冥草……”

马修打断丘库齐的话，说：“您光关注到了冥草无色无味这一点，其实中毒后会表现出许多症状。那时，我也奇怪您为什么出那么多汗。那个女孩站在您对面，应该看得更清楚吧。”

“……”

“君王常常身处被谋害的危险之中，对这些事自然更加敏感。她是凯尔安的孙女，应该从小就听说过种种暗杀的手段。所以，从大量出汗和眼神涣散的症状，推断出您中了冥草的毒。”

丘库齐仍旧半信半疑。不过，他似乎有更想知道的事情。没等他说话，马修又接着说：“另外，想要毒杀您的人，应该不知道凯尔安后人的价值。”

丘库齐猛地睁开眼睛。

“你知道是谁干的？”

马修点了点头。

“是利玛氏族的族长。”

丘库齐眼神一冷。

“拉里哈？有证据吗？”

“他的仆人手里有擦餐具的布。那个人昨晚负责擦拭帐篷里的餐具。”

丘库齐叹了口气，摇了摇头。

“如果这是你怀疑他的理由，那你错了。我的餐具是我自己洗，自己擦的，放在我视线范围内。那个下人不可能在我的餐具里下毒。”

马修笑了笑。

“他在餐具上涂的不是毒药。”

“嗯？”

“他在所有人的餐具上都涂了卡茯芦的树汁。”

马修平静地说起下毒的手法。

“您怕被人下毒，所以只喝和其他人从同一个酒壶里倒出来的奶酒。如果把毒下在奶酒里，拉里哈也会喝到。

“当然，他也可以选择把帐篷里的其他人都杀死，只留下他自己。可这样一来，就算铲除了您，也会得罪其他氏族。”

丘库齐脸上露出震惊的神色。

“我知道了！他反过来利用了我自己擦餐具这一点！”

马修点点头。

“是的。冥草制成的毒药对卡茯芦的树汁不起作用，一碰到卡茯芦的树汁就会失去毒性。医术师给您喝的也是用卡茯芦的树汁制成的解药。

“他事先在自己和其他人的餐具上涂了解药。

“我的手下花了一晚上时间，找到了那个手里散发着卡茯芦树汁味道的抹布的人。”

马修微微一笑。

“不是靠他的鼻子，而是靠狗鼻子找到的。”

丘库齐低头思考着什么。

马修摸着下巴说：“在这种情况下，要想处罚拉里哈很困难。必须十分慎重，先想好如何善后。”

“还有一个问题……”

低声说完，丘库齐抬起头看着马修。

“那个女孩怎么办？”

“因为她救了你？”

丘库齐点点头。

“就算只能救下她……”

马修摇了摇头。

“那可不行。如果杀了她弟弟，她会恨你一辈子。这么做只会留下祸根。”

马修对一脸阴沉的丘库齐说：“如果同情她，那处死她的时候不要砍头，用毒药吧。”

丘库齐眉头一皱。

“那样更痛苦吧。”

“不，只要选对毒药就不会。有的毒药可以让人毫无痛苦，像睡着一样死去。”

丘库齐凝视着马修，神色复杂。马修不再说话，任丘库齐看着自己。

·3·
冻草

爱伊莎和弟弟米尔查被监禁在宿营地外的帐篷里。

它孤零零地矗立在远离其他帐篷的草地上，所以一旦有人走近很容易被发现。

帐篷内外都由马修带来的护卫严格把守着，连食物和衣服都要经过他们检查后，才能交给爱伊莎姐弟俩。

丘库齐醒来的那天下午，奥洛奇来到帐篷里把乌莱利叫出去，小声说了些什么。然后，他带着三名护卫不知去了哪里。除此之外，这里几乎没有人走动。

这顶帐篷除了排烟的天窗外，还有两个透气用的小窗户。弟弟一听到营地方向传来练兵的声音或动静，就会走到小窗户边往外看。而姐姐没有靠近过窗户，只是坐在帐篷里，在布上绣花打发时间。

暮色西沉。士兵们吃过晚饭后，下人才给姐弟俩端来晚饭。

在送晚饭来的仆人身后，是马修还有藩王的两个亲信。

护卫们掀起帐篷门口的布帘，冲里面低声说了些什么。随后，乌莱利从帐篷里走了出来。看到马修等人站在送饭的仆人背后，乌莱利脸色一僵。

马修竖起手指放在嘴边。乌莱利用眼神告诉他“我明白”。

仆人们端着大盘子，稍稍低下头走进帐篷里。马修和藩王的亲信走到小窗户旁。

太阳已经完全落山。营地的灯光离得太远，从亮着灯的帐篷往外看，看不见窗户外的人的脸。就算姐弟俩看见了人影，也不会察觉有什么不同，因为护卫们也经常像这样站在窗外。

姐弟俩的晚饭比士兵们的丰盛，有烤羊肉、蔬菜汤，还有水果。薄饼上抹了奶酪，上面撒着珍贵的白糖。当然，还配了奶酒。

弟弟大概是饿了，晚饭一摆到眼前，就高兴地露出了灿烂的笑容。姐姐从仆人进来前开始，就一直低着头。

看到她的姿势，马修眯了眯眼。

她的肩膀很僵硬，看上去很紧张。

“她发现我们了？”

弟弟伸手拿起满是白糖和奶酪的薄饼，吃得津津有味。

姐姐也开始安静地吃晚饭。和弟弟一样，她先吃了薄饼，然后吃羊肉、喝菜汤，慢慢品尝每道菜的味道。最后，把水果也吃得一干二净。

每道菜都尝过后，弟弟伸手去端奶酒。姐姐停下吃饭的动作，看着弟弟。

“她会阻止他吗？”

马修不禁探出身，凝视着姐姐的侧脸。

姐姐的手轻轻颤抖着。她纤细的脖子紧绷着，脖子上的青筋都露了出来。

弟弟两手端起酒杯，把酒杯放到嘴边。

姐姐并没有出言阻止，只是目不转睛地盯着弟弟看。

“咕嘟咕嘟。”弟弟很快喝完杯中的奶酒，把杯子放在地板上，伸手去拿剩下的水果。

然后，他头一歪，身体往前倒去。

姐姐迅速伸出手扶住弟弟，让他躺下，把头靠在自己的膝盖上。

她的脸颊划过一道银光。

她向前倾着身子，紧紧抱住弟弟的头。过了一会儿，她直起身来，伸手去拿被弟弟喝空了的酒壶。

她抓起酒壶把手，狠狠用力砸了出去。

酒壶哐当砸在帐篷的窗户上，马修不由得往旁边躲了一下。

帐篷里的乌莱利等人吃惊地站了起来。姐姐没有理他们，抓起自己的酒壶，脸朝马修站着的那扇窗户，“咕嘟咕嘟”喝了起来。

她一脸决绝地盯着马修所在的方向。

马修也盯着女孩的眼睛看。

“是的，给你下毒的是我。”

一股热流涌上心头，马修全身颤抖起来。

“你闻到了我手指上残留的药味。是的，是我亲手把毒药放进去的。——你也闻到了，下毒的人就在这里。”

不知不觉间，马修笑了起来，全身热血沸腾，像燃烧起来一样。

马修目不转睛地看着女孩，直到她眼里的光芒消失，整个人向前倒在地上。

丘库齐在亲信的陪同下从帐篷里走出来。

帐篷前面的草地上铺着一张很大的毛毡。士兵们手举火把，火光隐隐照亮了毛毡上的女孩和男孩的尸体。

两人的脸在黑暗中显得更加苍白，身体看起来比活着的时候小了一圈。

丘库齐低头盯着两人的尸体。过了一会儿，他蹲下身，把手放在男孩嘴边，确认他已经没有呼吸了。

同样，他也探了探女孩的鼻息，轻轻碰了女孩的脸颊一下，像触电一样收回了手。

“怎么这么凉？不是还没死多久吗？”

站在尸体另一边的马修低声说：“因为用了冻草。”

丘库齐点点头，站起来，叹了口气，接着看向士兵说：“用布把他们裹好，埋了吧。”

只说了这么一句，丘库齐就转身走进帐篷。

在西坎塔鲁，孩子的尸体会被埋在柚木树下。

相传，一个失去孩子的母亲因太过悲伤而跳河自尽，她的尸体漂到岸边长成了柚木树。如果把孩子埋葬在柚木树下，树精灵就会温柔地引导这些夭折的灵魂升入天堂。

接到丘库齐命令的士兵们，从傍晚就开始寻找柚木树，已经找到合适的埋葬地点回来了。姐弟俩的尸体很快被搬上马车。马车穿过草原，驶入小河边的森林里。姐弟俩的尸体被埋入柚木树下挖好的坑里。

士兵们很多也是为人子，为人父，没有把尸体随便丢进坑里。怕姐弟俩冷，他们用毛毡把尸体裹好后放进坑里，再用土把坑填好，以防尸体被野兽啃食。最后，深深鞠了一躬，才返回营地。

马蹄声刚一远去，就有三个人影从漆黑的树林里跳出来，埋头把填好的墓地挖开。

把两具尸体从坑里抬出来，放在一旁的草地上，迅速取下盖在他们头上的布。

然后，用另一块布小心翼翼地把尸体裹好后，其中两个人分别抱着姐弟俩，消失在树林深处。

剩下的那一个人把包裹尸体用的布重新放回坑里，稍微整理了一下形状，填上土，把墓地恢复成原来的样子。

初落的月光，照得林间树木的枝头微微泛光。

·4·

气味之声

空气中飘荡着一股香味。

“爷爷正在煎薄饼。我该起床了，然后把米尔查也叫醒。”想到这里，可怕的记忆像闪电一样划过脑海，心脏一阵刺痛。疼痛像苦涩的水一样从胸口蔓延至喉咙，冲向头顶。

爱伊莎张开嘴，用力呼吸。

嗓子咝咝地响着，煎薄饼的香味、烟雾的气味，还有两个男人和狗的气味一起涌向爱伊莎的鼻尖。

在那香味的“洪流”中，夹杂着米尔查的气味。她的胳膊挨着米尔查的胳膊，能感受到他的体温。

“米尔查……还活着！”

爱伊莎睁开眼睛想看看弟弟，可眼前天旋地转，她又闭上了眼睛，等待眩晕的感觉过去。

“她好像醒了。”耳边传来男人的声音。

爱伊莎的脑子一片混乱，她拼命思考着到底发生了什么。

“我喝了加了冻草的奶酒……”

亲眼看见米尔查喝光含有剧毒的冻草的奶酒后，她也喝了毒酒。

“为什么会这样？”

爱伊莎闭着眼睛，感受到一个男人站起来走到她身边。即使闭着眼，她也知道来的是谁。

“你醒了吧，爱伊莎 · 凯尔安殿下？”

爱伊莎慢慢睁开眼，看到了一个男人。虽然头还有点晕，但她看清了男人的脸——一张黝黑、精悍的脸。他乌黑的眼睛正盯着爱伊莎看。

“……为什么？”

注意到爱伊莎声音沙哑，男人转身吩咐下人把水壶拿来。

下人把水端来。男人轻轻把手伸到爱伊莎脑后，慢慢把她扶了起来。这是一只厚实而温暖的大手。

爱伊莎喝了一口木碗里的水。水有一股古老的杉树味，大概是放在桶里运来的吧。尽管如此，对于口渴的爱伊莎来说，这已经是甘露。

喝完水，爱伊莎把木碗还给男人。男人默默地接过木碗。

爱伊莎凝视着男人。

男人每动一下，青香草的味道便浓郁一分。他一直把青香草放在胸前吧。虽然混杂了他的气味，但那是青香草无疑。

“为什么……”爱伊莎又一次开口问。

男人摇了摇头。

“现在没时间解释。今晚我会跟你解释，你先好好休息。”

爱伊莎转头想看看弟弟。男人边站起来，边说：“你弟弟也没事，刚才醒了一会儿，又睡着了。他身上裹着毛毯，不会感冒的。你也注意保暖。我把我的部下留下来保护你们。万一发生什么事，听他的指挥。”

说完，男人大步向篝火的方向走去。他把碗递给坐在篝火旁的男人，从盘子里抓起一块薄饼，塞进嘴里，走进树林。

一个男人坐在篝火旁烤着薄饼，他的身旁趴着一条狗。那条狗一直看着爱伊莎。

“您能坐起来的话，要不要来这边烤烤火，吃些薄饼？”男人对爱伊莎说。他的脸形瘦长，像个敏锐的猎人。

爱伊莎手撑着草地，慢慢站起来。头又有点晕，好在很快就没事了。

坐在篝火旁，热气钻进毛孔，爱伊莎才发现刚才自己的身体有多凉。

“冻草把我的身体冻僵了。”爱伊莎心里想。

误食冻草的人，身体会迅速变冷，还来不及感受痛苦就会像睡着一样死去……

“我为什么还活着？”

一口小锅上，一块块薄薄的煎饼散发出诱人的香味。男人动作娴熟地抓起薄饼，盛在木盘子里，涂上一层厚厚的奶酪，淋上蜂蜜，递给爱伊莎。

热气隔着木盘传到手心，包裹着心脏的硬壳裂开了一道缝，爱伊莎终于有了“我还活着”的感觉。

她本以为已经无路可走，人生到此结束了。

爱伊莎曾经想象过被砍头的场景，所以当她知道对方要用冻草时，心想“这总比砍头来得好”。在等待被处死的时候，她害怕得浑身发抖。但是，真到了那一刻，亲眼看着弟弟喝下毒酒的时候，她反而不害怕了。世界变得一片黑暗，自己和弟弟，所有的一切都被封闭在这黑暗之中。

只是，在毒酒里闻到那个男人手指上的气味的那一瞬间，怒火涌上爱伊莎的心头。

因为出身，她和弟弟不得不死。——这多么荒谬啊！因为这种荒谬的原因而死又是多么遗憾！这种难以言喻的情绪，化作怒火，喷涌而出。

爱伊莎从温热的木盘里捏起一块薄饼，叠成便于食用的大小，放进嘴里。带着浓浓奶酪香的咸味和蜂蜜的甜味，在口腔中扩散。

熟悉的味道。

自从被囚禁后，虽然每顿饭都有薄饼，但味道和她常吃的薄饼不同。眼前这个薄饼和她常吃的味道一样。闻到熟悉的气味，泪水涌上眼眶。

爱伊莎低着头，不让男人看见她的眼泪，大口大口吃起热乎乎、香喷喷的薄饼。

狗慢腾腾地站起来，走到爱伊莎身边，用冰凉的鼻尖蹭了蹭爱伊莎的手肘。

“坐下！一会儿给你吃！”男人斥责道。

狗不满地看了男人一眼，在爱伊莎身旁坐下。

“这是哪里？”爱伊莎问男人。

“绿水溪谷旁边。”

爱伊莎惊讶地环视四周。绿水溪谷就在她家附近。——家里一个人也没有了。她想到这里，悲伤抑制不住地涌上心头。

“我们为什么会在这里？”

男人摇了摇头。他在小锅里涂上油，一边做煎饼，一边说：“我只是奉命行事，什么也不知道。等马修大人回来，您问他吧。”

爱伊莎眨了眨眼。

“……马修。那个人叫马修？”

男人点点头。

“是的，他是马修·卡修加大人。”

那个叫马修的男人迟迟没回来。

弟弟米尔查醒了一次，吃了一大盘带着狗的男人做的晚饭，问了几个“我们发生了什么”之类的爱伊莎也回答不了的问题，没一会儿又蜷缩在火堆旁睡着了。爱伊莎浑身没劲，吃过晚饭，天还没黑就早早挨着弟弟躺下了。

迷迷糊糊睡着又醒来，确认弟弟和自己还活着，爱伊莎又睡着了。偶尔，她也会被穿过森林下方的风带来的气味吵醒。

天一黑，草木的气味就会变得安静。可一旦它们被昆虫啃食，就会发出“气味之声”。

“阿依纳拉树，拜托，安静一会儿吧。”

大概是有虫子在吃它的树叶吧。虫子很多，它散发出“悲鸣的气味”已经很久了。

树木发出的“气味之声”缓慢而悠长。

听到它的惨叫声，附近的树木也一个接一个地开始发出警戒的“声音”，向四面八方蔓延。闻到这种气味，对爱伊莎来说是一件很痛苦的事。

“气味之声”慢慢下沉，贴着地面向四周扩散。爱伊莎这样躺在地上，感受就更强烈。

如果是在白天，听到“声音”的鸟之类的天敌便会欣喜地飞来。

可现在，太阳已经落山，这里成了夜行性昆虫的天下。有些幼虫白天躲在土里，等到入夜天敌睡着以后，就出来吃树叶。

让爱伊莎难受的不仅是草木的气味之声。有时，野兽发出强烈的气味之声，会把爱伊莎从睡梦中吵醒。以前在家的时候，她睡在二楼，总是把房间的窗户关得严严实实的。

醒着的时候，她并不太在意气味的“噪声”。

平时，她也不太在意气味的噪声。就像偶尔离开森林到市场去一样，一开始会觉得人说话的声音或脚步声大得吓人，时间一长就习惯了。

可是，当她迷迷糊糊差不多要睡着的时候，如果突然听到老鼠的惨叫声，闻到强烈的恐惧的气味与血腥味，就会被吓醒，心脏怦怦直跳，很难再睡着。

离地面近的地方，一入夜就变得很吵。因为入夜后醒来的野兽的气味变得极为浓烈。虽然住在二楼也会闻到晚风吹来的气味，但比气味浓郁的一楼还是好得多。

爱伊莎跟乌查爷爷说过这件事，爷爷困惑地笑着说：“气味太吵了，是吗？”看着爷爷的表情，爱伊莎深深感到了不被理解的寂寞。

在爱伊莎看来，这是最贴切的表达方式，用其他词语都无法表达她的感觉。

从记事开始，爱伊莎就能感受到生物散发出的各种气味，以及由这些气味而生的各种交流。

也许是因为这个原因吧，对爱伊莎而言，飘来的香味就像语言一样有意义。

当然，这不是说野兽和草木像人一样会说话，而是说当树木被昆虫啃食时发出的气味，就像它在说“好痛！好痛！虫子在吃我！”。

就像听到火警瞭望台传出的一连串钟声，好像是在说“着火了！着火了！”。或像母亲苦笑着的叹息，像是她在说“这个孩子，真是的……”一样。

各种各样的生物发出的“气味之声”，和人的声音不同，能保留很长时间。

无论身处何处，无论何时，爱伊莎都能听见这些声音。比起白天，夜里弥漫整个森林的“气味之声”更让人心烦意乱。

夜晚绽放的花朵吸引着喜欢在夜空中飞舞的蛾子，随着黄昏的降临，开始散发出香味。

花儿们发出的“邀请”的香味虽然很响亮，却像恋歌般令人心情愉悦。

然而，在夜晚的森林里，到处散发着与此不同的气味。

也许是因为混杂了小动物被捕食时的气味，夜晚的森林的气味对爱伊莎来说像“噪声”，伴随着令人压抑的紧迫感。

可是，只有母亲能理解她这种感受。

弟弟似乎也能理解一点儿。但他是个漫不经心的人，不像爱伊莎那么在意。父亲和乌查爷爷根本就不明白。

小时候，爱伊莎一次又一次地向乌查爷爷诉说，希望他能明白自己的感受，可爷爷每次都只是困惑地冲着她笑。

每次回想起来，爱伊莎就会感到一股令人悲伤的寂寥，如同身处无边的黑夜之中。

从懂事以来，这种孤独就潜藏在她心底，挥之不去。就算弟弟睡在她身边，也不会消失。

母亲也承受着这种孤独。

淡淡的药味，昏暗的房间，脸色苍白的母亲。她躺在床上，气若游丝地说：

“你也感到很寂寞吧。”

母亲低声说着，伸手轻轻拨开爱伊莎额头上的头发。持续高烧让母亲的手指很热，有一股温暖的气味。

“母亲也一直很寂寞，不管和谁在一起仍旧很寂寞。为什么会感到寂寞？我想了这样那样的理由。可是，或许并没有什么理由，只是寂寞罢了。”

被高烧折磨的母亲好像在自言自语。母亲的声音，她的肌肤发出的味道。

“我们是寂寞的生物，所以才会呼唤，对着虚空徒劳地呼喊，甚至没有意识到自己在大声呼喊……”

“母亲……”

那时，爱伊莎还太小，不明白母亲在说些什么，现在她懂了。

所有的生物都是寂寞的，所以，才会不断发出“气味之声”吧。可能就连自己都没有发觉身体一直在发出“气味之声”……

爱伊莎是听着万物的声音长大的。

从什么时候开始的呢？她发现对她来说理所应当的这件事，对别人来说并不是理所应当的。

就连洞察力那么敏锐的乌查爷爷，在这件事上也完全无法理解爱伊莎。

眼前浮现出爷爷的脸，爱伊莎心头一阵刺痛。

爷爷虽然是个武将，却十分温和。在母亲和父亲相继去世后，对爱伊莎姐弟来说，他不仅仅是忠心的臣子，更是照顾他们的亲人。

“爷爷现在怎么样了？”

他也被关在那个营地里吗？还是说，已经被杀了……

想到这里，爱伊莎感到心痛难忍。

爷爷对他们来说是无可替代的。在祖父被赶下王位后，家臣之中，只有他还一如既往地保护着自己一家人。小时候，爱伊莎不懂。可现在，她很清楚爷爷对祖父的忠心是多么可贵。

祖父不仅仅是失去了藩王之位。就像丘库齐说的，祖父被西坎塔鲁人憎恨、厌恶，被从藩王宝座上赶了下来。

憎恨祖父的不光是西坎塔鲁人。

“父亲也恨祖父。”

其实，在心底的某个角落，她也隐隐恨着祖父，只是平日里装作没看到，不去想罢了。

从藩都逃出来以后的逃亡路上的事，爱伊莎已经记不清了。可父亲后背的气味和在暴风雪中挨冻的事，她记得很清楚。

记忆中最鲜明的是饥饿。

就算她哭着叫“我肚子饿了”，也没有东西吃。随身带的那点粮食很快就吃光了。他们在山中徘徊许久，好不容易才走到一个山村。可在闹饥荒的当口，哪个村子也没有多余的粮食能分给外来人。

时至今日，爱伊莎仍会不时梦到那些孩子的脸——饿得骨瘦如柴，脸上似乎只剩下一双大眼睛。

她也忘不了怀着米尔查的母亲是怎样咬紧牙关，艰难前行。那么温柔、坚强的母亲，她的脸却因痛苦而扭曲了，这让爱伊莎打心底感到害怕。

她也记得，当他们终于到达这片土地，得到“幽谷之民”的帮助，喝到他们给的热乎乎的汤时，那种仿佛升入天堂般幸福的感觉。

可是，和母亲父亲在一起生活的幸福时光并没有持续多久。

母亲被迫长途跋涉，饥饿和寒冷侵蚀了她的身体。她生下弟弟后，也没能恢复，经常发烧，卧床不起。

母亲努力想要活着，好照顾米尔查和爱伊莎。可没过多久，她已经坐不起来了。

昏暗的房间里，父亲弓着背坐在母亲床边，嘴里一遍又一遍地念叨:“如果你怀孕的时候，没有发生那样的事，能吃饱睡足，就不会像现在这样了。如果没有嫁给我，你就不会变成现在这样了……”

直到现在，爱伊莎还是经常想起这一幕。

母亲的脸连同母亲身上的气味，逐渐消失在记忆深处。这一刻，母亲的脸突然变得清晰起来，爱伊莎的鼻尖也仿佛嗅到了母亲的气味。

“母亲！”

好想再见母亲一次，紧紧抱住她。

夜晚的森林被潮湿的空气包裹着，爱伊莎想起母亲和父亲的气味，他们的脸和声音。

“虽然很短暂，但我们也有过幸福的时光。”

母亲坐在父亲身旁绣着花，壁炉里的火苗一晃一晃地照着她的脸。摇曳的火光，烟火的气味，都铭刻在爱伊莎心底。

那一切，都已经无处可寻。一切，都过去了。

当她看见米尔查端起盛着毒奶酒的杯子，浮现在脑海中的除了无边的绝望，还有“终于可以回到父亲母亲身边了”的想法。

可从毒酒里闻到那个男人的气味的一瞬间，怒火猛地涌上心头。

不想死，却因为碍事要被杀死。想到这些，长久压抑在她心底的情绪瞬间爆发。

你们就像河堤上的蚂蚁洞，如果是平时，放任不管也无所谓。可如果暴风雨来临，河堤就会从那里开始崩塌，导致灾难向整个国家蔓延。

要恨，就恨你们的出身和命运吧！

什么也没干，可只要活着就会给人添麻烦——她和弟弟就是这样的存在吧。

“可是，那为什么我们现在还活着？”

被夜晚的空气包围着，爱伊莎带着愤怒、空虚和混乱的思绪，凝视着无边的黑暗。

肩膀被人轻轻拍了一下，爱伊莎从梦中惊醒，有一瞬间不知道自己身在何处。

“……很抱歉把你叫醒，如果你想谈谈，现在是最好的时机。你想知道发生了什么事吗？”

爱伊莎揉着眼睛点了点头，坐起来。她想把米尔查也叫醒，马修伸手阻止了她。

“让他睡吧，之后你再说给他听。”

篝火燃烧将尽。

狗和男人不知去了哪里。马修坐在篝火旁，往火堆里添了些小树枝，让火烧得旺一些。

爱伊莎走到篝火旁坐下，和马修一起看着燃烧的火苗。

待篝火燃烧起来，马修坐在火堆旁，说：“从哪里开始说好呢？……你想知道什么？”

爱伊莎用生硬的声音说：“我们为什么还活着？我们明明喝了冻草。”

想起毒酒里散发出的男人的气味，爱伊莎目不转睛地盯着马修看。这样近距离一看，他比最初给她的印象更年轻。

“是你把冻草加到奶酒里的吧？”

马修点点头，脸上露出苦笑。

“所以你才用酒壶砸我的吧？”

爱伊莎点了点头，盯着马修，说：“你给我们下毒，我们把毒酒喝了。可我们还活着，也就是说你给我们解毒了？为什么？怎么解的？”

马修伸出手烤火，说：“冻草的效果取决于用量，你知道吗？”

爱伊莎小声地“啊”了一声，心想：“原来如此！”

并非给他们解毒了。这个男人从一开始就计算好了用量，以免他们被毒死。

爱伊莎曾经听乌查爷爷说过这样的事：有个孩子误食了冻草，没了呼吸也摸不到脉搏，父母以为孩子肯定死了，哭着挖好墓穴，把孩子埋了进去。正要铲土填埋墓穴的时候，孩子突然醒了过来。万幸吃的量少，那个孩子得救了。

那个时候，母亲告诉爱伊莎，冻草是一种特殊的毒草，就算不小心中毒了，只要能够得救，之后就会以惊人的速度痊愈。

“可是，真的能做到吗？我和米尔查的体重也不同。”爱伊莎皱着眉头说。

“说实话，非常危险。可是，没有其他能救你们的办法，我只能赌一把。”马修看着火苗说。

“……”

马修把目光从篝火上移开，凝视着爱伊莎说：“为了让丘库齐等人以为你们死了，只能用冻草。”

爱伊莎看着马修。火光的倒影，隐隐映出男人黝黑的脸。

“你为什么要这么做？说起来，把我们的去向告诉丘库齐的，不就是你吗？既然让他抓住我们，为什么又要救我们？”

马修默默地盯着火苗看了好一会儿，才抬起头看着爱伊莎。

“抓你们的理由和丘库齐说的一样……”马修眼中浮现出复杂的神色。

“丘库齐担心的事情并不会真的发生。大崩溪谷的‘幽谷之民’和帝国作对的可能性微乎其微。

“但是，丘库齐派到敌对氏族内部的探子传回一个消息：敌对氏族发现‘幽谷之民’非常看重你们，企图通过拥戴你们拉拢‘幽谷之民’。得到这个消息，丘库齐感到十分不安。

“丘库齐看起来粗犷，其实是个心思非常细腻的男人。我对他说有很多办法阻止那样的事情发生，但他坚持就算有一点危险也不能置之不理。”

马修平静地说：“确实，谁也不能保证没有万一。最好的办法就是让你们消失。这对帝国来说也不是坏事，所以就算我阻止，他也会一意孤行。”

爱伊莎焦躁地问：“所以，你为什么要救我们？！”

马修的眼中出现了与之前完全不同的神情。——他的气味也变了。或许是因为体温变高了一些，他身上的汗味比之前更浓了。

“为什么？因为我的母亲也是‘幽谷之民’。”

马修的声音有一丝嘶哑。

·5·

奥乐稻

打开马车的窗户，爱伊莎不由自主地叫了一声“太美了！”。

放眼望去，金黄色的稻浪翻滚着。风吹过，稻穗此起彼伏。一波波金灿灿的稻浪延伸向远方，一阵阵稻香随风而来。

那是一种与其他任何植物都不同的、浓郁的香味。爱伊莎早就闻到了这种异常强烈的香味。

坐在她身旁的乌查爷爷说：“奥乐稻成熟的景象果然壮观！”

“是什么？是什么？我也要看！”

坐在对面的米尔查从椅子上跳起来，跑到这边来，推开爷爷，想从窗户探出头去看。爷爷慌忙拉住他，对他说：“不行！咱们都坐在这边的话，马车会倒的。从那边的窗户可以看到同样的风景，你从那个窗户往外看。”

爷爷一边看着米尔查跪在座位上拉开窗户，一边说："从这一带开始，接下来都是这样的景象。因为这附近有很多种植区。进入帝国本土后，还能看见尤伊诺平原上广阔的种植区。那里是乌玛鲁帝国最早开始种植奥乐稻的一大产地，分发给藩王国的水稻种子很多是在那里培育出来的，所以景象很是壮观。"

爷爷以前负责贸易事务，去过帝国本土。说这些话时，他语带自豪。

"奥乐稻……"

很久很久以前，天气比现在更冷。大地干涸，谷物歉收，饿殍遍野。就在那个时候，香君从神乡奥乐玛茨拉降临此地，带来奥乐稻，拯救了众生。

祖父凯尔安也是因为奥乐稻被赶下王位的。

香君轮回转生，不死不灭。现在她仍住在帝都的香君宫里，通过香味感知万象，引导着人们。

爱伊莎长大的西坎塔鲁也以奥乐稻为主食。帝都在东边，离西坎塔鲁很远。即便如此，每年到了年初，出得起旅费的村子，都会派人到帝都的香君宫去参拜香君，以祈求这一年能够丰收。爱伊莎也在市场上看到过奥乐米。

但是，这是爱伊莎第一次亲眼看见奥乐稻成熟的景象，因为她就连紧挨着市场的种植区都没去过。

垂着头像是在点头的稻穗惹人喜爱，可奥乐稻发出的"气味之声"却让爱伊莎的表情变得黯淡。

从稻田旁经过时，爱伊莎觉得很奇怪。比起在市场上闻到的味道，这扑面而来的单调的“气味之声”，让人感到压抑。

森林、草地发出的“气味之声”和田地发出的“气味之声”截然不同。

在森林里和草地上，植物之间你一句我一句，聊得很开心，甚至让人觉得有些吵闹。可一走进这片阳光下的广阔的田地，“气味之声”就变得散漫、空洞。

走在田地里整齐排列的蔬菜之间时，爱伊莎总是感到难过，心想：“这些孩子为什么这么沉默呢？”

偶尔，她会听到它们小声嘟囔“被虫子咬了，好痛啊”，或是“晒太阳真舒服啊”。为了听到那小小的声音，年幼的爱伊莎常常蹲在田间地头。

奥乐稻的“气味之声”和田里的其他农作物不同，是一种非常安静、单调的声音，好像只是在机械地重复呼吸的动作。

尽管如此，这种声音又有一种奇怪的压迫感。这是一种隐藏着愤怒的平静，就如有些人想叫又不能大声叫，抑郁、颤抖，到了忍无可忍的那一天，就会爆发出惊天动地的尖叫声。

心里有些难过，爱伊莎轻轻关上百叶窗，凝视着从窗户缝隙照进来的光线和阳光投射下的阴影。

——潮湿的土地有奥乐稻，风吹过的土地亦有奥乐稻。

悲天悯人的香君大人将珍贵的宝物赐予四方。

正如《香君御神歌》所歌颂的那样，在乌玛鲁帝国，包括藩王国在内，就算在没有水田的地方也可以把奥乐稻作为旱稻种植。所以现在除了奥乐米，已经很少能看到其他的水稻和曾经种植过的小麦等谷物了。

一想到奥乐稻，爱伊莎鼻尖仿佛闻到了父亲的气味——父亲跟她说起祖父时散发的气味。

祖父凯尔安很聪明，是个英雄，他在氏族纷争不断的西坎塔鲁内战中取得胜利，实现了稳定的统治。他的能力与心胸得到当时的乌玛鲁帝国皇帝的认可，没有经过战争就使西坎塔鲁成功加入了帝国。

祖父还大规模扩建地下灌溉渠，改进维护方式，大力扩大耕地面积，但土地贫瘠、荒地众多的西坎塔鲁还是屡屡发生饥荒。

在这样的情况下，不知为何，祖父拒绝种植帝国赐给民众的奥乐稻。

奥乐稻是“奇迹之稻”，即使在土壤不适合种植普通水稻的地区，或是在土地贫瘠的寒冷地区，一年也能收获数次。产量是以前种植的谷物的两倍以上，顺利的话收成达到原来的三倍也不是梦。据说在条件适宜的地方，收成甚至能达到原来的四倍。

它既耐旱又耐寒，也能抗虫害。再加上种植奥乐稻的区域不长杂草，因此不需要从事除草这样繁重的劳动。就算作为旱稻连年重茬种植，也不会影响收成。

据说唯一的缺点是不能种在海边。不过，向北越过天炉山脉才能看到位于辰杰国的海，朝南翻过长墙般绵延的长岭山脉才能抵达位于马扎利亚王国一侧的大海。西坎塔鲁没有海，所以谁也不在意它这个缺点。

奥乐稻的味道也很好。有适度的黏性，可以做成各种各样的食物。习惯了吃用麦子做的薄饼的人们，也试用乌玛鲁人传统的方法烹调奥乐稻——碾成米粉做薄饼、蒸米饭、做年糕，很快就被它的美味俘获了。

据说吃了奥乐稻能强身健体，还能多生孩子，所以在其他国家它被当作药材，成为一种珍贵的商品。

西坎塔鲁各地的氏族长因为想要奥乐稻而愿意主动臣服于乌玛鲁帝国，所以固执己见、拒绝引进奥乐稻的凯尔安逐渐被氏族长们疏远。

不久，严重的饥荒席卷全国，人民的愤怒到达顶点，凯尔安被赶下王位。爱伊莎记忆中那段饥寒交迫的逃难之旅，祖父并没有同行。祖父害怕自己的存在会令家人陷入危险，所以没有听从父亲的恳求，一个人留在了藩都。然后，在饱受饥饿之苦的藩都百姓们接受赈济的广场上，结束了自己的生命。

爱伊莎至今还清楚地记得父亲告诉她这件事时，身体散发出的气味。

“如果父亲接受奥乐稻就不会有那么多百姓挨饿，甚至饿死。因此父亲对他们心怀歉意。可我觉得，尽管如此，父亲也不认为自己的决定是完全错误的。”

愤怒、怨恨、怜悯、怀念——当时父亲身上散发出来的气味，混杂着各种矛盾的感情，在他心底翻腾。

“父亲把奥乐稻叫作‘喜悦与悲伤’的稻子。”父亲说。

“坎塔鲁很穷。因为山岳地带的耕地很少，平原地区也大多是岩石，土质又很贫瘠。父亲平定西坎塔鲁后，邻国东坎塔鲁很快宣誓臣服于乌玛鲁帝国，成了藩王国。

“东坎塔鲁很穷，它的土地比西坎塔鲁更加贫瘠，经常闹饥荒，每次都来向我们求救。可当它成为藩王国，开始种植奥乐稻后，就变得惊人地富有。除了用‘奇迹’二字，无法形容他们的富裕程度。

“我们的百姓目睹了这一切，越发希望也能够种植奥乐稻。可是，父亲拒绝让奥乐稻出现在我们的土地上。”

父亲眼中的哀伤之色更深了。

“奥乐稻确实是一种神奇的谷物。即使在贫瘠的土地上，它也能很好地生长，一年能收获好几次。耐病虫害，连续重茬种植也不会降低产量，并且口感也很好。但是，种植奥乐稻无法获得稻种。

“奇怪的是，即使是从收割的稻穗中精心挑选出的种子，播撒到地里，也绝对不会发芽。

“要想在下一季有收成，播撒的必须是从帝国的‘富国省’送来的种子。能够获得多少种子，取决于给帝国交了多少税。

“父亲曾说‘这是一条多么完美的锁链啊。有了奥乐稻，我们确实能够摆脱饥荒的恐惧，让百姓变得富裕起来，但代价是从此要对帝国唯命是从’。”

父亲轻轻摇了摇头。

“我理解父亲的心情，让他犹豫的不仅仅是可能失去自治权，他担心种植奥乐稻以后就没法种植其他谷物。假如完全依靠奥乐稻的收成，一旦有一天奥乐稻出了问题，后果将不堪设想。

“但是，我认为不管有什么理由，都没有眼前不断逝去的百姓的性命重要。”

父亲用哀伤的眼神注视着爱伊莎，说：“你也记得饥饿的痛苦吧。那种焦灼的饥饿感，更可怕的是那种令人窒息的绝望。我从小经历过很多次饥荒，现在还时常做噩梦。如果被迫做出选择的是我，我应该不会选择父亲选的那条路。”

说到这里，父亲眼睛里浮现出极度痛苦的神色。

“我没能劝谏父亲，没有拯救百姓。我有罪，爱伊莎。我造成了无数百姓的死亡，这样的罪过一辈子都无法弥补。我想留在藩都，向百姓道歉，结束自己的生命。可是，我不能那么做。”

为了怀孕的妻子和爱伊莎——为了保护自己的家人，父亲选择了逃亡。从那以后，他一直背负着沉重的罪恶感，没有吃过一口奥乐稻。

所以，爱伊莎和米尔查也没有吃过奥乐稻。

生活在大崩溪谷一带的山民“幽谷之民”中的年轻人，每隔十天便从山上给爱伊莎一家带来荞麦面、大豆、小麦等食物。爱伊莎一家人并不觉得这样的生活有什么不便。

在大崩溪谷所在的天炉山脉，土壤不适合种植水稻，所以生活在天炉山脉山脚下的人们，一直以种植小麦和荞麦为生。

然而，由于奥乐稻在普通水稻不能生长的土地上也能茁壮成长，如今天炉山脉的山脚下也大量种植奥乐稻。

但是，不知为何，“幽谷之民”讨厌奥乐稻，称其为“被诅咒的水稻”。他们顽固地继续种植很久以前就开始种植的农作物。因此，他们称拒绝种植奥乐稻的凯尔安为“真正的王”，把爱伊莎一家藏匿起来，帮助他们生活下去。

年轻人背着约有自己一半高的货物，从险峻的道路上走下来。他们被阳光晒得黝黑的脸，突然和那天晚上凝视着自己的马修的脸重叠了起来。

当马修说“我的母亲也是‘幽谷之民’”时，爱伊莎不禁苦笑起来。

“请不要说这种连孩子都不信的谎话！”

“为什么断定这是谎话？”

“因为你是卡修加家族的人！如果有人跟你说，出身于帝国最显赫的家族的人，他的母亲是偏远的天炉山脉的深山里的百姓，你信吗？”

她苦笑着这样回答。可就在这时，马修身上散发出的浓郁的气味让爱伊莎突然收起了笑容。

那是愤怒的气味。

虽然他的表情完全没有变化，但爱伊莎清楚地知道马修正强忍着愤怒。

“你不信也没关系。确实，这听起来让人觉得很不可思议。”

当他的声音和散发出来的气味重叠在一起时，爱伊莎感觉到他的愤怒并不是针对自己的。

马修的目光落在篝火上，似乎在看别的地方。

“我父亲是新卡修加家族前家主的弟弟。他这人有点奇怪，虽然出生在卡修加家族，却对政治完全不感兴趣。从少年时代起，就跟着香使调查帝国各地的农地，不久又开始巡游边疆。后来，在天炉山脉深处遇到了我母亲。”

在火光照耀下，马修的脸微微有些扭曲。

“娶了母亲后，父亲也没有停止旅行。所以，在十四岁之前，我是作为‘幽谷之民’在大崩溪谷的母亲身边长大的。”

马修沉默了一阵，默默注视着噼啪作响的木柴和摇曳的火焰。

不知在想些什么，从他身上飘来的气味，慢慢平静下来。终于，马修抬起头，看着爱伊莎说：“我表兄去你家送过粮食。”

爱伊莎“啊”了一声，惊讶地说：“真的吗？”

马修点了点头，接着用“幽谷之民”的语言说：“他说他和叔父们一起，挑着小麦和大豆，送到你家去。你母亲给他们泡了茶，还请他们吃了甜甜的点心。”

马修说话时好像嘴里含着东西，这是典型的“幽谷之民”的发音方式。

“听说这件事时，我十七岁。”

马修神情温和地看着爱伊莎，过了一会儿，他脸上的笑容突然消失了。

“在那之前两年，我十五岁时，父亲命令我作为卡修加家族的男人活下去。因为父亲兄长的两个儿子相继因传染病去世，只剩下一个能继承新卡修加家族家业的人。祖父认为需要一个弟弟来辅佐他，便命令我父亲把我过继给他的兄长做养子。”

马修用一只手擦了擦脸。

“总之，事情就是这样的。——这下你信了吗？”

爱伊莎听说“幽谷之民”很讨厌外来人，而且结婚要遵循严格的规定。他们竟然同意女儿和外来人结婚、生子，这听起来让人很难相信。但她并不十分了解“幽谷之民”，也不能断言绝对没有这种可能。

马修的马克西语说得非常好，完全没有“学”过的感觉。

“……所以你才救了我们吗？”

马修喃喃自语道：“与其说‘所以’，不如说‘也有这个原因’。”

“我是藩王国的视察官——帝国皇帝的眼睛。我需要考虑整个帝国的情况，和脑子里只想着西坎塔鲁的丘库齐不同。”马修用细树枝稍稍挑起柴火，添上粗枝，继续说。

“比方说，几年后丘库齐病死，西坎塔鲁的权力结构发生变化的话，你们的存在或许会有更重要的意义。”

马修看向爱伊莎，低声说。

“情况随时可能发生变化。所以，我尽力去拯救那些有可能活下去的生命，努力不失去会让自己后悔的棋子。这就是我的工作。”

马车缓缓地摇晃着。

或许是看腻了绵延不绝的稻浪，米尔查躺在座位上睡着了。

乌查爷爷盯着米尔查的睡脸看了一会儿， 抬起头看着爱伊莎。

爱伊莎轻轻叹了口气。

“好像在做梦。”

爷爷也深深叹了口气。

“是啊。那天晚上看到你们俩的脸时，我也想‘如果这是一场梦，千万不要让我醒来’。”

那天晚上，坐在篝火旁，从马修那里听到乌查爷爷被释放的消息时，爱伊莎终于放下心来，高兴得全身都在颤抖。

丘库齐以“臣子保护主君的行为不能算是罪过，况且他拥戴的主君已死，今后也没有谋反的可能性”为由，放了爷爷。

天刚亮，爷爷在那个带着狗的男人的陪同下，来到了爱伊莎他们身边。当爷爷出现在晨雾弥漫的树丛中时，爱伊莎和米尔查情不自禁地跑过去抱住他，放声大哭。

也许是因为路修得好，比起走在故乡附近时，马车不那么摇晃了，身体也不再摇来摇去。午后和煦的阳光，柔和地照在马车的座位上。在这平静的光线中，爷爷的眼神突然变得犀利起来。

“我不知道今后还有没有机会和您好好谈谈，所以现在说一说。”

爷爷停了一会儿，似乎在寻找合适的措辞。

“对那位叫马修的大人，我深表感谢。这是我发自内心的想法，只是，怎么说呢，我的内心深处始终有些不安。”

·6·

身怀青香草之人

爱伊莎目不转睛地看着爷爷，等他说话，爷爷却迟迟没有开口。

“我也这么觉得。”带着些许焦躁，爱伊莎开口说。

那个叫马修的男人，确实让人有些摸不着头脑。爱伊莎明明是这么想的，可不知为何，她不想从爷爷口中听到怀疑他的话。

“那个人把很多想法藏在心里没有告诉我们，他帮我们肯定有所图，可是……”爱伊莎不知道接下来该怎么说，有些犹豫。爷爷面露困惑的神色，摸了摸脖子说：“不，我觉得他救您和米尔查，不是出于冷酷无情的算计，而是因为他想救你们。”

爱伊莎眨了眨眼睛，看着爷爷。

“您是这么想的吗？”

爷爷点了点头。

“您为什么会这么想呢？”爱伊莎追问道。

爷爷叹了口气说：“因为他让我活了下来。”

“……”

“要说让两位活下来对他有好处的话，确实如此。可如果只想让您二位为他所用的话，没有我更好。留下我，以后没准会有麻烦。丘库齐之所以把我放了，我觉得是因为他从中周旋了。如果是这样，他为什么要特意这么做？与其费尽口舌说服丘库齐让我活下去，不如杀了我来得轻松、安全。”

爱伊莎歪着头。

“是吗？如果您被处死的话，米尔查和我都会恨他。虽然很感激他救了我们，可您是因为他的提议才被抓的。如果想利用我们的话，被我们怨恨并非上策吧。”

“就是这点。您想想看，米尔查殿下今后或许会任他摆布，可您不会。”爷爷说。

“他考虑到了您的心情。他的做法，怎么说呢，是在为您考虑。”

他的视线落在熟睡的米尔查身上。

“他说，会安排我到帝都南部的农场干活，让我在那儿好好抚养米尔查殿下。我不知道那是个什么样的农场，但我有预感他会给我们找一个好地方——那里会有一个很好的农场主，住起来也很舒适。如果您知道米尔查殿下能在那样的地方长大，心里也会觉得舒服一些吧。”

爷爷慢慢地继续说道："就算他有什么不可告人的企图，那样的生活也总比被觊觎藩王之位的丘库齐之流囚禁，不知道什么时候会被杀死，好得多。"

爱伊莎皱起眉头。

"那您担心的是什么？"

爷爷抬起头，看着爱伊莎。

"我担心……他想利用的是您，而不是米尔查殿下。"

听到这出人意料的话，爱伊莎不禁反问。

"什么？我？"

"是的。"

爱伊莎苦笑着摇了摇头。

"您想多了。我这种人，没有任何利用价值。如果说有的话，也是因为我是米尔查的姐姐吧。他只是想先笼络有凯尔安血统的人，以便在西坎塔鲁的政治形势发生变化时，手里有一颗可用的棋子。"

爷爷捋了捋胡须说："您说的是一个方面。他对我说，照现在的形势，你很可能被丘库齐杀死，所以要请你装死。不过，待西坎塔鲁的统一大业稳定下来，或许有一天，人们会重新审视凯尔安的伟业。所以，他希望我能好好抚养米尔查殿下。"

爷爷的视线落在米尔查的睡脸上。

"考虑到西坎塔鲁目前的形势，他说的听起来很有道理，可我心里还是不踏实。”

爷爷抬起头看着爱伊莎。

“如果真如他所说，那么，把您和米尔查殿下一起交给我不就行了吗？为什么要让您在别的地方劳作呢？”

“我会安排你去‘利亚菜园’生活。”

马修对她这么说的时候，爱伊莎也感到奇怪：“为什么只有我去别的地方？”转念一想，或许这样更安全，也就没有多想。

“把我单独分开，是因为这样比我们三个人待在一起更安全吧？西坎塔鲁的人有时会到帝都来，万一认识我们的人看见我们三个在一起，没准会发现我们。”

爷爷慢慢摇了摇头。

“您说得没错。但是……”

“但是，什么？”

爷爷一脸为难地开口说：“以前我跟您说过关于帝国的事，您应该记得有两个卡修加家族吧？”

“记得，卡修加家族分成了新旧两个家族，对吧？”

爷爷点点头。

“是的。那您知道马修大人属于哪个家族吗？”

“您说他属于新卡修加家族。”

“是的。他属于新卡修加家族。”

听到这里，爱伊莎微微眯起眼睛。她知道爷爷担心的是什么了。

爷爷低声说："'利亚菜园'虽说属于卡修加家族，但是由旧卡修加家族管理。——对于继承了新卡修加家族血脉的那位大人来说，即使不说是敌人，也是他绝对不能掉以轻心的、必须警惕的对手经营的菜园。

"据说新卡修加家族的后代也必须在这个菜园学习一段时间。所以，也不是说这个菜园里有什么必须瞒着新卡修加家族的营生。但是，它也不是一个和卡修加家族没有亲戚关系的人能轻易进去的地方。"

"……"

"把您送到那里，算是例外中的例外吧。他费那么大劲把您送进去到底是为了什么？我总觉得心里不踏实。"

"那是一个被山野包围的美丽的地方，也是我的朋友经营的菜园。一开始不习惯的时候可能会很辛苦，习惯以后你就能过上安稳的日子了。"

说这些话的时候，马修心里在想些什么呢？

爱伊莎一边凝视不断变化的光线，一边摸了摸自己的手臂。

明明知道有新旧两个卡修加家族，为什么当时没有想起来呢？

"那个时候，反而是……"

以平静的心情听着马修这么说，是因为他身上散发出的气味很平静。

而且，爱伊莎心想，也许是因为马修身上有青香草的味道，在内心深处她总觉得他不是坏人。

每当闻到青香草的香味，她眼前总是浮现出一个老人走进森林深处的背影。他穿着粗陋的衣服，拄着手杖，一个劲儿地往前走。

第一次看见他，是在爱伊莎住到天炉山脉山脚下几个月后。

大概是在从春天即将进入初夏的时节。

那天天气少见地闷热，爱伊莎特别想去大人严格禁止她去的小溪边，于是她瞒着大人们一个人偷偷离开了家。

那天，没有风，平时凉爽的森林里也很热。

大概是因为周围的空气不流动，等她回过神来，已经不知道自己身在何处。

走啊走，走啊走，眼前始终是一片茂密的森林。

正当她想哭的时候，突然闻到一股清凉的香味。那是一种她从未闻过的气味。

一瞬间，一阵凉风拂过脸颊。她拨开灌木丛，朝着香气传来的方向前进，眼前豁然开朗，出现了一片向阳的草地。

草地中央有一口泉水。

透明的泉水汩汩涌出，溢满草地，形成一条小流，流出草地外面。

泉水周围开满了蓝色的花，在微风中摇曳。

爱伊莎摇摇晃晃地靠近泉水，跪在潮湿的草丛中，用双手捧起水喝。冰冷的泉水流过干渴的喉咙，透心凉。

那之后的事情，她只记得零星的片段。她记得那时觉得头晕目眩，大概是晕倒在了泉水旁。

她梦见有人蹲在一旁看着自己。

从那个人身上，她闻到了和旁边盛开的花一样的气味。

那人把她抱起来，让她躺在凉爽的树荫下，凉快的草地上。感到额头和脖子上多了一块冰凉的布，爱伊莎醒了过来。她想要爬起来，却全身酸软，起不来。

“就这么躺着吧，很快就会有人来救你。”

耳边传来一个男人浑厚、低沉的声音。

爱伊莎短暂地陷入沉睡。醒来时，蹲在身旁的男人不见了。转过头，只看见他的背影正在往森林深处走去。

透过树叶落下的阳光，在穿着粗陋衣服的男人背上洒下点点斑痕。

再次醒来时，在她身边的是“幽谷之民”的一个大婶。她常常给爱伊莎一家送水果，所以看到她的脸，爱伊莎觉得很安心。

大婶把她轻轻扶起来，喂她喝了些凉水。

“你一个人怎么走到这里来了？大家都很担心。我送你回家。没事了。”

说完，大婶像背背篓似的，轻轻把爱伊莎背到背上。

大婶身上有太阳的气味。在她背上晃来晃去快要睡着的时候，爱伊莎突然想起那个把她抱到草地上的人。

“那个老爷爷呢？”

问完，大婶停了一下，想了想，又开始走起来，嘴里嘟哝道：“你记得啊。你看见他的脸了吗？”

听到大婶这么问，爱伊莎在她背上摇了摇头。

那个人蹲在她身边看着她的时候，因为逆着光，爱伊莎没看清他的脸。之所以认为他是老人，是因为他的背影和走路姿势。

等她用不熟练的语言说完，大婶松了口气，说道：“是吗？那就好。”

“……为什么？”

“他是利塔兰。”

“利塔兰？”

“是的。”

“利塔兰是什么？”

大婶沉默了。就在爱伊莎觉得大婶不会回答的时候，大婶缓声地说了起来。

“利塔兰就是‘求道者’。有些人，无论如何，都想知道一些问题的答案，他们就向山神、原野之神、风神、天神和水神发誓，祈求他们的庇佑。”

大婶的声音隐隐有些沙哑。

“……他们大多是可怜人，遭遇不幸，陷入绝望。可就算这样，他们还是想找到一条活下去的路，所以才发誓。怎么说呢，他们心怀赤忱，除此之外无路可走。真是可怜啊！”

大婶不时把爱伊莎往上托一托，接着说：“他们身上带着青香草……这是誓言的象征。身怀青香草，既不娶妻，也没有家人，独自一个人生活。一辈子一个人活下去。”

爱伊莎眼前浮现出老人一步一步向森林深处走去的背影，透过树叶缝隙射下来的阳光在他背上跳舞。

“利塔兰讨厌被人看见自己的脸吗？”爱伊莎小声问。

“是啊。”大婶叹了口气。

“也不是讨厌被人看见自己的脸，是不喜欢被人说‘看，那个人是利塔兰’吧。发誓这种事自己知道就行，谁也不喜欢被人说三道四吧。”

走到家附近时，母亲大叫着，挥手跑了过来。她从大婶手中接过爱伊莎，将她紧紧地抱在怀里。

母亲流着泪，久久不发一语，只是紧紧抱着她。

爱伊莎被大骂了一顿。当她告诉母亲在美丽的蓝色花朵盛开，泉水流淌的草地上，被一个身为利塔兰的老爷爷救下时，母亲说：“哦……所以你身上有青香草的香味。”

不知为什么，比起被骂，母亲那时的表情给她留下了更深刻的印象。

在丘库齐的帐篷里，闻到青香草的香味时，爱伊莎觉得很不可思议。

被青香草的香味包围着的马修，看起来与众不同。明明身在一群人中间，却仿佛只有他一个人站在那里。

“他在寻找什么？遭遇过什么样的不幸？他想让我做什么？”

爱伊莎一边听乌查爷爷诉说着内心的不安，一边朦胧地回忆起清澈的泉水的香味，以及那像蓝色的光一样的青香草的气味。

第二章

奥莉耶

·1·
香君宫

从马车上下来，风吹起她的发丝，衣袂飘飘。

空气中弥漫着泥土和树木的气息。虽然其中混杂着刺鼻的烟味，以及铁、马和人的气味，但这与她在绵延不绝的、通往帝都的大路上闻到的味道完全不同。这是一种粗犷的山野的味道，使人心情舒畅。

从马车后面绕到王宫一侧时，爱伊莎不禁屏住了呼吸。

在蔚蓝的天空下，耸立着一座巨大的宫殿。宫殿背后是一座山脉，山顶在这个季节依旧被白雪覆盖。洁白的宫殿仿佛与雪山融为一体。

在深深的护城河另一边，目力所及之处皆是平缓的丘陵。整个丘陵似乎都是王宫的领地。山丘的半山腰被坚固的墙壁包围着，像蚂蚁一样的黑点在上面移动。那应该是正在巡逻的卫兵，可由于城墙太大，他们看上去很小，不像是人。

通往王宫正门的石级也很宽阔，即使几十个人并排也能悠然地走上去。石级两旁，每隔几级台阶就站着一个手持长矛的卫兵，盔甲闪闪发光。

在丘陵西端，有一座蓝色的塔。

因为离得很远，所以看不清楚。它是用某种石头建造的，发出淡淡的光。

“那座蓝色的塔就是‘风香之塔’。”

女人和车夫说了几句话后走了回来，平静地对爱伊莎说。

“香君大人一次次站在那座塔的顶端，从风的气味中，感受四方气象的变化。那座塔下就是香君大人居住的宫殿。我们从王宫的正门进去，您跟我来。”

名叫米吉玛的女人说完这句话，带头走上架设在护城河上的吊桥。

抵达帝都后的前四天，爱伊莎逗留在米尔查和爷爷今后生活的农场里，缓解了旅途的疲劳。可自从昨天傍晚米吉玛来了以后，她突然变得忙碌起来。

“您好，我叫米吉玛·奥尔卡修加。”

站在落日余晖映照的农场门口，女人说道。她的身材娇小，动作敏捷，脸和手都晒得黝黑，故而爱伊莎一开始还以为她是来推销商品的行脚商人。

但她一开口说话，爱伊莎对她的印象就完全改变了。

“我是在香君宫侍奉的高级香使。马修大人让我来照顾您，直到您进入‘利亚菜园’。

“在‘利亚菜园’工作就意味着侍奉香君大人，所以首先要去拜谒香君大人。

“我们给您准备了拜谒时穿的衣服，请您沐浴后穿上这身衣服去香君宫参拜。我会教您参拜时的礼仪。”

简洁明了的说话方式，让人感觉她是个很能干的官员。爱伊莎注意到米吉玛姓“奥尔卡修加”，“奥尔”是“旁系”的意思，说明她出自卡修加家族的旁系。

等到了里屋，只剩下她们两人以后，米吉玛详细告诉了爱伊莎香君宫的来历、拜谒香君的礼仪，以及她在“利亚菜园”要干些什么。

“还有，这点很重要，所以希望您能牢牢记在心里。您是‘幽谷之民’，名叫爱伊莎·洛里奇，是马修大人母亲家那边的表妹。”

爱伊莎“唉”了一声，感到不解。米吉玛缓声说：“只有卡修加家族的人才能进入‘利亚菜园’。马修大人母亲家的亲戚勉强算得上是卡修加家族的人。虽说是个例外，倒也能说服周围的人。只是……”

米吉玛压低了声音。

“还有一件事您一定要注意。这件事很敏感，您知道就好，千万不要说出去。新卡修加家族的当家人——富国大臣伊尔大人，是马修大人的兄长，但他对马修大人并不太友好，更准确地说对马修大人怀有戒心。

“关于其中的缘由，如果有必要，我想马修大人会告诉您。‘利亚莱园’里也有新卡修加家族派去的人，如果他们问您为什么到‘利亚莱园’来，您只要说是为了西坎塔鲁去学习的就行。其他的不管他们再怎么问，您都要尽力让他们觉得您真的什么都不知道。”

爱伊莎觉得隐约看到了马修的意图。

“也就是说，我要让他们觉得马修是出于藩王国视察官的职责把我送进‘利亚莱园’的，对吗？”

听爱伊莎这么问，米吉玛很是惊讶。

她盯着爱伊莎看了一会儿，一直很凝重的表情突然缓和下来。

“正如您所料。简而言之，为了西坎塔鲁的稳定，需要把坚决拒绝种植奥乐稻的‘幽谷之民’拉拢到帝国这边来，所以马修大人采取了这样的措施，以此来打消新卡修加家族方面的疑虑。”

爱伊莎点点头。

“我明白了。既然如此，我也想知道事情的真相，才能更好地‘撒谎’。”

米吉玛微笑着说：“是啊。我先告诉您一些您有必要知道的事情。——对了！今后我的身份是您的上司，所以不会对您用敬语。听说您有西坎塔鲁王族的血统，可能会觉得受到冒犯。”

爱伊莎摇了摇头。

“在故乡的时候，我们也几乎不用敬语，你不用在意。”

走过架设在深深的护城河上的桥，跟在沿着石级往上走的米吉玛身后，爱伊莎听到从下面传来的钟声。

“爱伊莎，在那里停下，跪下！”

听到米吉玛的话，爱伊莎停下脚步，跪在冰冷的石级上。

护城河对面停着两辆大马车。

在一辆马车的车厢里，放着一顶轿子。轿子上用金丝线绣着华丽的纹样。随从们把轿子抬下马车，等从马车上下来的贵人坐上去后，又把轿子抬了起来。

随从们抬着轿子过了桥，走上石级。一股淡淡的香味飘来，其中夹杂着随从们的汗味。

爱伊莎低着头，等着轿子过去。

轿子在正门口停了一下，卫兵只是从轿子的窗口往里瞥了一眼，随即敬了个礼让轿子通过。

看到轿了消失在正门后，爱伊莎继续往上走。

走近正门时，站在门两旁的卫兵举手示意她们停下。

米吉玛把脖子上挂的薄金属板拿给卫兵看，向他们解释爱伊莎是谁。

其中一个卫兵走下来，站在爱伊莎面前，对她说：“举起双手，不许动！”

然后，他迅速又仔细地隔着衣服搜查爱伊莎的身体。

明明身上没带任何危险的东西，可被他这么一搜，爱伊莎心里却涌起一股不安，担心会被发现什么，但她表面上仍装出一副平静的样子。

最后，士兵只说了一句“走”。

走过剩下的石级，站到米吉玛身边，爱伊莎吐出憋了很久的气。

穿过以螺钿工艺装饰的美丽的正门，爱伊莎被与之前完全不同的柔和的风包围着。

眼前是一片广阔的绿色庭院。左右有两个大喷泉，喷出的水闪闪发光。

爱伊莎听说过“喷泉”，但这是第一次亲眼看见。水从地下喷涌而出，却没有往四周溢出。真是不可思议，爱伊莎忍不住停下脚步，观察它到底是个什么样的装置。

环绕四周的高墙挡住了寒风，灿烂的阳光洒下，照得树木熠熠生辉。

进了正门，王宫依然耸立在远处。爱伊莎目睹它的全貌，瞪大了眼睛。

从下面抬头看的时候，只觉得宫殿白得像雪一样。走到这里，才发现建筑物的底部雕刻着金色细腻的花纹。

从远处也能看出那是稻穗的花纹。

饱满的金色稻子雕刻得栩栩如生，看起来就像是在随风摇曳的稻穗上，耸立着一座白色的宫殿。

眼前绿意盎然的庭院，有爱伊莎故乡的市场那么大，漫步其中的人小得像虫子一样。

刚才那顶轿子在离正门不远处停下，贵人从轿子上下来，坐上停在庭院里的马车。

马车沿着贯穿花园的笔直宽阔的道路走起来，走在路上的人纷纷停下脚步，有的低下头，有的跪下，恭送马车离开。

米吉玛悄声说："那位就是伊尔·卡修加大人。"

爱伊莎惊讶地注视着向王宫驶去的马车。

虽然只瞥见了他的身影，但伊尔·卡修加与她从之前听到的故事中所想象出来的形象完全不同。

他身材高大、精悍，确实长得和马修有点像。

"我以为他年纪更大一些。"

"他才三十多岁。——是个厉害角色！"

小声说完，米吉玛催促爱伊莎跟上，往前走了起来。

两人从通往王宫的道路拐向通往香君宫的道路，穿过蓝色的大门，眼前的风景为之一变。

道路两旁种着各种各样的花草树木，蜜蜂和小虫子在四周飞舞。

被这些花草树木的香味包围时，爱伊莎觉得很安宁，就像穿着一件她穿惯了的衣服。大概是因为这里种植的树木和故乡的树木很相似吧。

香君宫的庭院占地广阔，草木葱郁，在庭院中穿行，就像是在山中漫步。

庭院里到处是阳光普照的草地。在那样的草地上，一定有身穿白衣，额头贴地，朝着香君宫跪拜的人。他们是来自帝国各地的朝拜者，为祈祷丰收而来，其中或许就有来自爱伊莎故乡西坎塔鲁的人。

因为米吉玛事先告诉过她，所以爱伊莎低垂着头，静静地从他们身旁走过。

从气味就能感觉出来香君宫里有很多人。因为太安静了，走着走着，爱伊莎感到一股压迫感袭来。但当她走到某一个位置时，气味突然发生了变化，好像穿过了一道肉眼看不见的墙。

道路在这里分为三条岔路，每条路都通往树林之中。

米吉玛在爱伊莎面前停了下来，低下头。

“啊，就是这里啊。”

爱伊莎想起米吉玛在农场对她说的话：

“第一次到香君宫参拜的人，中途必须自己选择走哪条路。”

那条被称为“幽静之路”的参道，虽然沿途会分出几条岔路，但最终都通往香君宫，所以不用担心。

爱伊莎问她为什么要这么做，米吉玛只说这是参拜的礼节。

从低着头的米吉玛面前经过，爱伊莎走上了其中一条路。

丝毫没有犹豫要选哪条路，因为从那条路上飘来了青香草的香味。

爱伊莎走上那条路，米吉玛紧随其后。

青香草似乎开在远处，淡淡的清香，像纤细的蜘蛛丝一样，随风在丛林间飘荡。

青香草的花，还有叶、茎都有一种独特的香味。只要闻过一次，绝对不会忘记。

越往前走，青香草的香味越浓郁。就在爱伊莎觉得周围树木的种类发生了变化时，眼前又出现了三条岔路。

爱伊莎选择了青香草香味更加浓郁的那条路。不久，眼前出现了一小汪泉水。泉水周围是一片草地。阳光照耀下，草地闪闪发光。草地上开着她很熟悉的花。

“青香草……”

楚楚可怜的花儿，在向阳处熠熠生辉。

穿过青香草盛开的草地，道路向树林深处延伸。往林间走去，四周的味道又发生了变化。

阳光从绿叶的空隙照射下来。穿行其间，爱伊莎心情愉悦，仿佛身处梦中。

树木、花草、苔藓、蘑菇的香味交织在一起，“气味之声”融汇成一曲和谐的乐曲，包裹着她的身体，温柔地抚摸着她的肌肤。四周既平静又安静。

这美好的乐曲只持续了短短一瞬间。走过这个地方就会出现不和谐之音，但随即又会出现下一个让人身心愉悦的地方。

每次走到岔路口时，爱伊莎都选择散发出怡人香气的那条路。一个岔路口，又一个岔路口，她就这样走出树林，走进阳光里。

那是一片白色的沙地。

在白沙之中，一座巨大的白色宫殿拔地而起，屋顶的形状让人联想到平缓的山丘。宫殿旁矗立着一座闪耀着蓝色光芒的塔。

最初，爱伊莎被塔楼吸引了目光。当她把目光转向宫殿时，吃了一惊。

“青香草？”

就像王宫的墙壁上画着稻穗一样，香君宫白墙的下半部分也画着漂亮的彩色画。绿色的茎上开出蓝色的花，这个画面让爱伊莎想起了小时候看过的青香草盛开的景象。

“那是青香草吗？”爱伊莎回过头想问米吉玛，却吓了一跳。因为米吉玛脸色苍白地盯着她看。

爱伊莎正想问她怎么了，突然想起米吉玛跟她说过“在香君宫里，如果没人问你，绝对不要开口说话”，于是又把话咽了回去。

米吉玛像是想要甩掉什么似的，叹了口气，默默地从爱伊莎身旁走过，走在她前面。

越接近香君宫，爱伊莎越感觉到气味沉静下来。

与刚才森林里那种“满足”的寂静不同，这是一种让人联想到“无声”的寂静。

“因为是沙地吧。”爱伊莎心想。

香君宫四周的沙地被清理得很干净，看不见任何东西在动。在这片极少有生物的沙地上，气味非常安静。

这让爱伊莎觉得很开心。

“香君大人也会觉得气味很吵吗？”爱伊莎心想。

爱伊莎眼前浮现出当自己说气味太吵时，乌查爷爷脸上的表情。

从小到大，没人能理解她的那种感受。

爱伊莎一直以为只有自己很“怪”，可如果香君大人也有相同的感觉，那就不止她一个人懂这种感觉了。

终于，她们走到香君宫的玄关。和巨大的宫殿比起来，玄关小得有些奇怪。门，紧紧关着。

米吉玛站在门前，拉了一下门边的绳子。只听屋里传来说话声，问：“谁？”

“我是米吉玛·奥尔卡修加。”

米吉玛说完，门被悄无声息地打开。两个女人从门里走出来，低着头把米吉玛和爱伊莎领了进去。

入口处的布局很简单，两侧只有门卫值守的地方，后面是一条狭窄的通道。爱伊莎从低着头的两个女人中间穿过，跟在米吉玛背后走进狭窄的通道。走进大厅，爱伊莎惊讶地张大了嘴。

大厅很开阔。

淡淡的绿色、蓝色，还有柔和的黄色灯光透过高高的天窗洒下来。

大厅有些昏暗，阳光透过天窗的彩色玻璃洒下来。走在其中，仿佛走在茂密的森林深处，沐浴着从树叶缝隙间射入的阳光。

大厅里没有家具，也没有生活用品。

偌大的大厅对面，有一个更高的地方，被从天花板上垂下来的巨大的竹帘遮挡着。

大厅里的气味单调而稀薄，使得某些气味更加突出。从进来的时候爱伊莎就发现，大厅里也飘荡着青香草的香味。

米吉玛停下脚步，跪在地上。爱伊莎跪在她背后，额头贴着冰冷的地面。

竹帘后面的香味发生了变化，爱伊莎感到大厅深处的门被打开了。

瞬间，青香草的香味变得浓郁起来。

爱伊莎清楚地感觉到一个被青香草的香味包围着的人影，在竹帘后面慢慢地走着，坐在椅子上，甚至比用眼睛看得还清楚。

此刻，神就坐在那里。

这么想的瞬间，一股紧张感从爱伊莎的胃里蹿到喉头，从头皮到脚尖，全身冷得发麻。

“零——”铃声响起。

米吉玛开口说:“慈悲为怀的神,香君大人。香使米吉玛前来拜谒。”

米吉玛的声音在空旷的房间里回荡。

竹帘后的人影没有说话。“零——”铃声再度响起。

米吉玛声音洪亮地说：“跪在我身后的是爱伊莎·洛里奇。此次，因为要在‘利亚菜园’劳作，故而带她前来拜见您。”

帘子后面的香君大人的气味发生了一些细微的变化。

刚才一直很平静的气味，变成了一种“遇到了感兴趣的事情”的气味。

神，此刻正看着我们。

感受到香君的视线，爱伊莎颤抖起来。

听到米吉玛用手指轻轻敲打地板的声音，爱伊莎回过神来，按照米吉玛告诉她的，缓声说：“慈悲为怀的香君大人，爱伊莎·洛里奇前来拜谒。”

一开口说话，爱伊莎的内心逐渐平静下来。她一边听着自己的声音在这个空旷的大厅里回荡，一边说：“为了让更多人感受到香君大人的庇护，拯救人们，我愿意奉献自己，请允许我为您效力。”

说出这句话时，她的心里突然浮现出一个不可思议的想法。——她就是为了走上这样的人生道路而生的。

来这里，是为了得到在“利亚菜园”生活下去的许可。——为了隐姓埋名活下去。可是，突然之间，一种完全不同的、清晰的想法静静地涌上爱伊莎的心头。

爱伊莎清楚地感觉到香君大人目不转睛地盯着这边看，但竹帘后面却一片寂静。

不一会儿，“零——零——零——”铃声响了三下。这表示香君大人同意了爱伊莎的请求。

铃声在整个大厅里回响，之后消失。爱伊莎感到香君大人站了起来。

香君大人消失在大门后面。门被关上。只留下青香草的香气，静静地飘荡在昏暗的大厅里。

走出香君宫，爱伊莎觉得浑身的力气都被抽走了，茫然地看着米吉玛的背影，跟着她往前走。

穿过香君宫的庭园，爱伊莎缓过神来，突然发现米吉玛身上散发着为什么而烦恼的气息。穿过正门，走出王宫，米吉玛仍旧表情僵硬，一言不发，全身散发出紧张的气息。

回到马车上，两人面对面坐下后，爱伊莎鼓起勇气正想说点什么。米吉玛先开口说："爱伊莎，马修大人教过你怎么走'幽静之路'吗？"

一时之间，爱伊莎没有明白米吉玛的意思，眨了眨眼。

"没有，他没教过我。"

米吉玛眯起眼。

"那么，你为什么选择了那条路？"

米吉玛的表情很严肃，但从她身上散发出的气味，与其说是愤怒，不如说是恐惧与怀疑。

爱伊莎直视着米吉玛的眼睛，回答道："因为闻到了我喜欢的花的香味。"

"……喜欢的花？什么花？"

“青香草。”

“青、香草？”

爱伊莎对她的反应感到奇怪。

“青香草，您知道吧？”

米吉玛摇了摇头。

“没听说过。”

“唉，可是，香君宫外墙上画的就是青香草啊！”

米吉玛睁大眼睛。

“你说那种花啊！”

“嗯，一模一样。看到那些画的时候，我就想问您……”

大概是她的心跳加快了吧，米吉玛身上散发出的气味更加浓郁。

气味显示米吉玛正处于兴奋之中，但她的声音却很平静。

“那是‘泪之花’。相传第一代香君因为怜悯饥饿的人民而流泪，从她的泪水中开出了‘泪之花’。但我从没见过真的泪之花。”

“泪之花？”

在这里是这么称呼青香草的吗？爱伊莎歪头思考着。

“那个，半路上有一个涌出泉水的地方，对吧？”

“嗯。”

“就长在那里的草地上。那里开着蓝色的花，您没注意到吗？”

米吉玛摇了摇头。

“没注意到。……而且，在这之前，我从来没走过那条路。”

说完，米吉玛沉默了一会儿，然后眯起眼睛。

“但是，那里已经离香君宫很近了吧？站在第一个岔路口上，选择方向的时候，你还没有闻到那种花香吧？”

在说之前，爱伊莎就想到可能会被这么问。

或许对米吉玛来说，第一个岔路口离香君宫太远，还闻不到青香草的味道吧。如果是这样，可能会觉得她说的话很奇怪，不相信她说的话。

即便如此，爱伊莎还是不想隐瞒选择那条路的理由。

那条路真是一条“幽静之路”。现在回想起来仍有一股透明的光芒在心中扩散开来，那是一条如此美丽而安静的道路。

爱伊莎直视着米吉玛，回答道：“虽然很远，可我还是闻到了。青香草的叶和茎都有独特的香味。我只是选了那条有花香的路。”

米吉玛不知道在想些什么，一言不发，看着爱伊莎。

“我做了什么不该做的事吗？”爱伊莎问。米吉玛慢慢地摇了摇头。

“没有。”她的声音有点嘶哑。

“那您担心什么呢？”

米吉玛沉默了一会儿，终于说道：“因为你毫不犹豫地选择了那条路，所以我想是不是马修大人打破规定，提前告诉了你什么。”

然后，她僵硬的脸上露出了笑容。

“对不起，别往心里去。你没做错任何事。”

米吉玛轻轻叹了口气，用低沉沙哑的声音继续说：“累了吧？我也累了。在到达农场之前，我们都休息一会儿吧。”

说完，米吉玛靠在椅背上，闭上了眼睛。

米吉玛没有再睁开眼睛，假装睡着了。从她身上仍然散发出困惑、烦恼的气息。

·2·

奥莉耶

搬标本箱来的男仆低着头，不敢和面前的人对视。他问："放在这里可以吗？"

"嗯，就放在那儿吧。"奥莉耶回答。男仆深深鞠了一躬，面朝着她，一步步往后退，以免把背冲着奥莉耶。

"啊！出去之前，能请你把那边的高窗户稍微打开一点儿吗？东边那扇。"

似乎被奥莉耶这种有礼貌的说话方式吓了一跳，男仆不由得抬起头来，又慌忙低下头。他在这里干活的时间应该还不长。这是奥莉耶第一次看见他。

"遵命！"

他的声音因为激动有些尖锐。年轻的男仆拿起前端带着钩子的长杆，走近那扇窗户。他把长杆高高举起，想用前端的钩子钩住窗框的把手，可是长杆颤颤悠悠，怎么也钩不住。咔嗒咔嗒，钩子总是撞到窗框上。

“冷静点，别着急，慢慢来……”奥莉耶忍不住开口说。

年轻的男仆说：“……是！非常抱歉！”他的声音很紧张。他在腰上擦了擦手里的汗，又把钩杆高高举起。

窗户终于打开了，奥莉耶和男仆一起松了一口气。

“真是辛苦你了。”

奥莉耶说完，年轻的男仆满脸通红地低下头，又向奥莉耶道歉：“真是对不起。”

“这么点小事，不用道歉。”

下人点头称是，又低下头，用沙哑的声音问道：“请问还有其、其他事吗？”

奥莉耶微笑着说：“没事了。”

西边的高窗也开了一点，微风吹过，外面盛开的仙座红花的香气悄然飘进屋里。

“啊，好香啊！”奥莉耶小声说。

男仆不知道是该回答，还是该默默地退下，不知所措地站在那里。

奥莉耶觉得不忍，平静地对他说：“你下去吧。”

男仆慌慌张张地鞠了一躬，后退着离开了房间。

男仆一离开，宽敞的房间顿时安静下来。

午后的阳光从高窗射进来，把长桌和桌上的标本箱照得白晃晃的。

奥莉耶把手放在箱盖上，想着刚才那个年轻男仆困惑与紧张的样子。

长年累月，人们面对她时都是那副紧张的模样。

在奥莉耶面前，不紧张的人屈指可数。所以她以为自己已经习惯了，觉得无所谓了。可直到现在，每次看到人们紧张的样子，她还是会感到一种伴随着内疚的不安。

奥莉耶出生在利格达尔藩王国的贵族之家。父亲是统治山间盆地提拉的小贵族，母亲是到父亲家来帮佣的村里人家的女儿。

亲生母亲在她五岁那年因为沾染时疫去世。好在父亲是个温柔的人，后来再娶的妻子也很豁达，对待奥莉耶像对她的亲生孩子一样，从小到大都很疼爱她。

提拉虽然气候恶劣，但父亲与百姓亲如一家，大家齐心协力共度艰难的生活。

奥莉耶小时候也和百姓的孩子一起，每天跑进山里玩到天黑。到了七八岁，在百姓的指导下摘草药，帮忙干各种活，和他们一起度过了很多时光。

然而，这样的日子，在她十三岁那年戛然而止。

每年一到秋天，巡回艺人就会到提拉的都城阿加博伊来。

说是“都城”，其实不过是个比村庄大点的小镇。即便如此，每到有集市的日子，附近村子的人都会聚集到这里来。巡回艺人冲着他们也会赶来，使得秋日祭格外热闹。

奥莉耶十三岁那年，正巧是帝国的活神香君大人逝世十三年后的“重生之年”，秋日祭比往年更热闹。再加上有传言说帝都的贵人们也会来，整个都城都沸腾了起来。

在秋日祭的前两三天，奥莉耶从父亲那里听说了香君宫传来的消息：秋日祭那天，使者要举行“重生”仪式，所以请把今年十三岁的女孩都聚集到广场上。

消息虽然来得很急，但这里离帝都很远，能在这个时候收到文书已属万幸。奥莉耶还记着父亲当时说“趁现在，还来得及通知全体百姓”。

然后，父亲好像突然想起来似的说：“说起来，你今年也十三岁了。”

“哎呀！是啊！这样的话就不能穿参加祭典的服装了！快把她的礼服从柜子里拿出来，晒一晒，散一散樟脑味。”她还记得继母急哄哄地吩咐侍女的样子。那一天，天气晴朗，起居室的窗户大开着，秋日透明的阳光照在地板上。

现在回想起来，父亲和继母应该知道为什么要把十三岁的孩子召集起来，但他们却没有说。

与其说他们担心人们对来自香君宫的消息做出各种各样的推测，

不如说他们并不在意。因为他们做梦也没想到这件事会和自己有关，只想着一定要让这个重要的仪式顺利举行。

祭典当天，聚集在广场上的十三岁的少女，包括奥莉耶在内共有二十人，其中很多人她都认识。

在祭典期间，广场中央搭起了一座高大的瞭望塔。

瞭望塔用秋天的花朵和栗子等装饰得很漂亮。用芒草扎成的山神的依代[1]被放在塔顶。每当风吹过，就摇晃着，发出淡淡的光芒。

往常，瞭望塔四周会摆起许多小摊，卖各种各样的物产。但那天为了不让广场被杂物玷污，卖东西的摊位被移到了远离广场的路边空地上。广场被打扫得干干净净，四周拉上绳子，不允许百姓们走进绳子围成的圈内。

父亲、继母、弟妹与家臣们坐在遮阳棚下，被召集起来的十三岁的少女们整齐地列队站在他们前面。

女孩们既期待又不安。

她们交头接耳说着“会不会逼我们干些什么”“没准会给我们点儿什么东西”。就在这时，远处的笛声随风传来。

不久，笛声越来越清晰。一列队伍从站在道路两旁观望的人群中穿过，走了过来。他们手里举着金丝银线织成的奢华旗帜。后来，奥莉耶才知道那面点缀着鲜花的美丽旗帜是香君的专用旗帜。

1　依代：指被神灵依附之物。——译者注

这群人的出现，把周围都照亮了起来。

当这群身穿她从未见过，但一看便知十分昂贵的服饰的人走进广场时，父亲与继母从遮阳棚下走出来迎接他们。

在那之后开始的冗长的仪式，奥莉耶已经记不清了。但是，有一个仪式深深烙印在她心里，令她永生难忘。

“十三岁的人，到这里来！”

在香君宫使者的命令下，奥莉耶和大家一起走到他所指的地方。使者的随从小声告诉她们排成一列。在使者面前排队站好后，使者将手中的细布条一一递给她们。

“用这个干什么呢？”正这么想着，使者用广场上的人都听得见的声音，大声说：“接下来，进行‘寻灵’仪式。请大家坐下，不要出声，保持安静！”

接着，他平静地对奥莉耶等人说：“用布条蒙住眼睛。好好遮住眼睛，绑在脑后！”

虽然心里很忐忑，奥莉耶还是按照使者说的做了。然后，她感觉有人走了过来，确认布条绑没绑紧。好像有人在她眼前挥了挥手，但她只感觉到有影子在晃动，看不见是谁。

不久，她听到了使者的声音——抑扬顿挫，响亮清晰：

“拯救众生的活神香君大人，脱离旧躯，投胎于女人腹中，重生于世，已有十三年，健康长大，等待召唤。

“请允许我等用香气，唤醒那可敬的灵魂！”

话音落下，广场上悄无声息。奥莉耶感觉到使者朝她们走来。使者朗声说：“接下来，会有东西摆在你们面前。你们闻一闻，告诉我是什么。”

奥莉耶身旁的女孩小声“啊”了一声。奥莉耶也差点叫出声来，好不容易才忍住。

没想到会让她们做这样的事。很久以前，奥莉耶听父亲说过，帝都香君宫里的活神大人，一旦老去，就会舍弃旧的躯体，投胎到善女腹中，再生为人，获得新的身体。

那时，奥莉耶问：“就像蜕皮那样吗？”结果，她被父亲严厉训斥了一顿，说是说这样的话会遭到上天的惩罚。

谁也不知道香君大人转世重生后会降生在哪里。

父亲告诉她到了“重生之年”，大香使就会到梦里被告知的地方，找出已经十三岁的香君大人。

“十三岁的香君……”

奥莉耶突然意识到正在进行的这一切意味着什么，顿时觉得心跳加速。

一想到香君大人或许就在和她一起排队的孩子之中，奥莉耶便觉得不可思议，全身都紧张起来。

“天哪！会是谁呢？”奥莉耶心想。

“香君大人。”

背后传来的叫声把奥莉耶从回忆中唤醒。

她回过身，发现拉奥大师静静地微笑着站在身后。

“哎呀！吓我一跳！”奥莉耶用手摸着胸口说。

“猫的动静都比您大！”

听奥莉耶这么说，拉奥大师似乎很高兴，哈哈哈地大声笑了起来。

“是吗？您这么说我很高兴。说明我的身体还没衰老。”

奥莉耶没有听到开门声。也就是说，拉奥大师从一开始就待在这个标本室的某个地方。

“您什么时候来的？”

拉奥大师用手指了指房间的一个角落，那里堆放了很多标本箱。

“从今天早晨开始，我一直待在那儿。想等您一个人的时候再跟您说话……”

说完，拉奥大师停了一会儿，看着奥莉耶的脸。

“您很久没来这里了吧。发生了什么让您担心的事吗？您似乎有心事。”

奥莉耶苦笑着说：“没有，只是想起了一些过去的事。”

拉奥大师盯着奥莉耶看了一会儿。随后，他的目光转移到标本箱上。

“这不是约玛的标本吗？您拿它干什么？”

奥乐稻的抗虫害能力很强，约玛是唯一可能出现在奥乐稻上的害虫。但就算约玛出现在奥乐稻上，绝大部分也会在稻子抽穗前落地而死，不会对稻子造成什么伤害。不过，本身比较弱的奥乐稻可能会被约玛吃掉，所以一旦发现约玛，就必须将其清除。

约玛也分为几个种类，比如说体形较小的小约玛，红翅膀的红约玛等。看着这些约玛的标本，以及画在标本下方的图，奥莉耶叹了口气。

“虽然和约玛的卵很像，但在奥乐稻根部发现的虫卵很大，我从来没见过。我想是不是某种约玛的卵，可找了半天也没找到类似的。”

拉奥大师皱起了眉头。

“您在哪儿看见的？”

“前一阵的‘青稻之风’仪式上。”

“前一阵？那是在奥格达藩王国拉帕地区的水田里？”

“是的。”

在水稻开始长出绿叶的时候，要巡视奥乐稻种植地区，仔细闻风的气味，判断其中潜藏着什么样的灾难，并告诉百姓。——举行这个被称为“青稻之风”的仪式，是香君的一项重要工作。

每年，香君要到访不同地区的种植区。不仅到帝都附近的粮食产地去，也会到路途遥远的藩王国的种植区去。

三天前，奥莉耶刚刚结束“青稻之风”仪式，回到香君宫。

今年，她巡视了奥格达藩王国拉帕地区的水田，回来后觉得很累。前天和昨天，她泡了热水澡，放松了身体。今天早晨她又吃了一顿丰盛的早饭，终于感到恢复了一些精力。

“如果我真的能从风中嗅出端倪，告诉百姓将有什么样的灾难来临……可能就不会觉得这么累了吧。”

举行仪式时，奥莉耶闭着眼睛，用各地的语言和人们交流。可她说的并不是自己的感受，而是写在事先交给她的文章里的话。她不过是把这些话背下来，再从自己嘴里说出去罢了。

与农事相关的文书，先被送到富国省，经由香君宫的高级香使仔细阅读、修改后，被返回富国省。然后，富国省经过讨论后，把文书上呈给皇帝陛下，得到他的许可后再送回香君宫。经过这个过程，文书才最终被送到奥莉耶手里。

富国省是一个庞大的组织，负责管理整个帝国产业的行政事务，它的负责人——富国大臣，历代由新卡修加家族的家主担任。

富国省是在香君宫的下属组织农事省被废除后新设立的组织。第一代香君在位时，关于农业的一切事务都由香君宫掌管。后来，香君宫与富国省分工合作，富国省负责提出反映皇帝意愿的基本方针，香君宫则负责对方针进行讨论并提出建议。

但这并不代表香君宫式微。时至今日，皇帝仍很重视香君宫的意见，富国大臣也需在充分考虑香君宫意见的基础上处理农政。

香君宫不仅仅是人们所认为的“供奉香君大人的宫殿”，它还有着不为百姓所知的一面。

香君宫是一个庞大的组织，承担着以下职责：把香使派往帝国各地，详细调查所有与农业相关的信息；预测每年的收成；在可能出现问题时，寻找对策，向富国省进言。

站在这个组织顶端的大香使是拉奥大师——旧卡修加家族的家主拉奥·卡修加。

卡修加家族分为两派。

一派是旧卡修加家族，乃名门之后。相传他们的祖先是忠臣，把奥乐稻带到了人间。

另一派是新卡修加家族，由马奇亚·卡修加创立。马奇亚·卡修加是卡修加家族的次子，通过改革农业政策，使帝国的财富呈现爆发式增长，成为一代英雄。

马奇亚·卡修加向皇帝提议，废除香君宫中的农事省，新设富国省，负责全权处理帝国的各项产业，包括畜牧业、渔业、贸易等。这一提议被皇帝采纳，他成为第一任富国大臣。

从那时起，新旧两个卡修加家族分别掌管着富国省与香君宫这两个组织。

每当奥莉耶抱怨“我是一个在两个卡修加家族之间摇晃的花灯”时，拉奥大师总是笑着摇摇头，说：“您很清楚，并非如此。百姓之所以愿意服从那些严苛的指令，是因为那是香君大人说的话。”

拉奥大师的话不是奉承，而是事实。自己也正是为此而存在。——在香君宫生活的漫长岁月里，奥莉耶深刻意识到了这一点。

所以，当看到人们颤抖着跪拜在她面前时，她总是努力保持一副超然物外的表情，看着他们。

“关于您看到的虫卵。”

“嗯。”

“您能把它的特征画出来吗？”

奥莉耶微笑着，从怀里取出折好的纸，摊开给拉奥大师看。

“我已经画好了。想着之后和这里的标本进行比较，所以是按照实物大小画的。”

“那太好了！”

拉奥大师接过那张纸，摘下眼镜放到桌上，把画凑到眼前看着。

突然，拉奥大师瞪大眼睛，仿佛看到了什么令他难以置信的东西。他直勾勾地看着虫卵，眼睛一动不动。

“单凭这幅画您能看出是什么虫吗？”奥莉耶小声问。

拉奥大师眨了眨眼，终于把视线从画上移开。

他似乎在思考着什么，眼神没有焦点。过了好一会儿，他终于想起什么似的，看着奥莉耶。

“您刚刚说什么？”

“啊？……我说：‘单凭这幅画您能看出是什么虫吗？’”

拉奥大师慢慢摇了摇头，开口说：“我想应该是约玛类的虫，不过还得仔细调查之后才能确定。”

拉奥大师虽然看着奥莉耶，可他的眼睛仿佛透过奥莉耶在看别的什么东西。

此时的拉奥大师与平时判若两人，奥莉耶不禁有些担心。正当她想开口说些什么时，拉奥大师的神情突然变得轻松起来。很显然，他不想被奥莉耶追问。

“说起来，香君大人您的眼神真敏锐。不管是什么虫，只要是约玛类的虫子，还是要小心为上。我马上让香使去调查。”

说完，拉奥大师说了一句“那我就先告辞了”，低头行礼后便准备离开。

奥莉耶把手放在胸前，看着他的背影，目送他往门口走去。

“果然，那个虫卵……”

奥莉耶希望不是那样，可如果拉奥大师也做出了同样的判断，那么那个虫卵恐怕就是她所担心的那个东西了。

阳光从窗户射进来，照在她脸上。奥莉耶感到自己的心跳越来越快。

·3·

肥料的秘密

为了迎接客人的到来，仆人打开了大门。这时，从天窗射进来的阳光突然暗了下来。

正在看信的奥德森抬起头，把目光投向踩着地毯走过来的男人。

男人把双手指尖放在额头上，深深鞠了一躬。

“皇太子殿下。”

奥德森轻轻点头，用手示意他坐在对面的椅子上。

“伊尔·卡修加，你终于来了。先喝点赤宝酒暖暖嗓子和胃吧。”

伊尔微笑着又鞠了一躬，在仆人为他拉开的椅子上落座。

虽然相较而言帝都的天气很不错，可就算到了初夏时节，遇上阴天还是很冷。椅子旁边常年摆放着一个小火桶。不过今年暖和的时候多，火桶里并没有生火。

仆人把赤宝酒倒入玻璃高杯中，在奥德森的眼神示意下退了下去。

等仆人们悄声退到屋外，沉重的大门被关上后，宽敞的书房里顿时安静下来。

奥德森端起酒杯示意，喝了一口。伊尔也喝了一口。

奥德森说：“拜谒皇帝陛下了吗？”

“是的。皇帝陛下今天看起来身体舒服了一些。”

奥德森的表情为之一亮。

“你也这么觉得吗？如果能这样下去，慢慢恢复就好了。就是他的胃口看起来还不太好，我有些担心。不过，御医开了新的药方，想必他很快就会康复的。”

伊尔怀着复杂的心情，看着年轻的皇太子微笑着说起他的父亲。

去年年底，身体一直很健壮的皇帝奥兰突然病倒。

伊尔恳切祈祷他能早日康复。

皇太子奥德森的根基尚未稳固。

如果皇帝突然驾崩，得到众多朝臣拥戴的皇弟拉格朗很可能会发动叛乱，篡夺皇位。

一旦事态发展到那一步，宫廷就会陷入混乱。如今，并非所有藩王国都诚心归顺于帝国，这样的动乱极可能动摇帝国的根基。

幸运的是，皇帝活了下来，熬到了新的一年，一点点有了好转的迹象。虽然还卧床不起，但已经可以和人交谈了。

尽管如此，为了避免在皇帝去世后发生动乱，伊尔已经将整个宫廷局势纳入考量，开始布局。

皇太子与皇弟势均力敌。

皇帝去世后，应该让谁继承皇位？又该如何处置在夺位大战中失败的那个人？伊尔夜以继日地思考着这些问题。

一个月前，奥德森皇太子刚满二十岁。在伊尔看来，他是个谨慎聪明的年轻人，只是性格太过善良，缺乏上位者必须具备的狠辣。

虽然很庆幸轻易就能看出来他在想些什么，可要统治庞大的乌玛鲁帝国，皇太子的经验和谋略还都远远不够。

相反，皇弟拉格朗城府极深，对权势的执念非比寻常。他很可能不会像现在的皇帝这样，采纳卡修加家族的意见处理政事。

放下酒杯，伊尔开口说："您知道陛下如今忧心忡忡的根源在哪里吗？"

奥德森挑了挑眉，侧过脸。

"令陛下忧心的事有好几件，包括我的无能……"

奥德森边说，边瞥了一眼桌上的文书。

"今天让陛下忧心的根源，应该是这个吧。"

伊尔点了点头。

"您已经拿到文书的副本了？真快。"

"是'顺风耳'中的一人暗中记住，写下来的。"

说着，奥德森读起了文书的内容。

“近日，在奥格达海域，海盗袭击鸟粪石运输船的事件频发。鸟粪石乃珍贵之朝贡品，故我等意欲清除海盗，以防此类事件再度发生。恳请帝国同意派遣战船。若不可行，恳请允许我等建造两艘战船……”

“嗒！”奥德森用指节敲了一下文书，表情不快。

“奥格达近来蠢蠢欲动。自去年以来，帝国与南边大陆之间的关系越发紧张，帝国无暇往奥格达派遣战船。奥格达抓住这个机会，堂而皇之地送来了这样的请愿书，明目张胆地想要加强自身海军实力。”

伊尔无奈苦笑。

“可能是因为去年从他们占领的群岛发现了丰富的鸟粪石矿床，所以忘乎所以了。也可能是他们急于趁着帝国将目光转向南方大陆之际，进一步控制群岛。”

“所谓海盗也是他们伪装的？”

伊尔看着奥德森。

“藩王国监视省怎么说的？”

“父皇已经下令了，但他们似乎还没有得出结论。”

伊尔眯缝起眼睛。

“您最好确认一下是否真的还没有得出结论。”

笑容从奥德森脸上消失。

“看来你已经掌握了确凿的证据。”

伊尔点点头。

“今日觐见，就是为了向皇帝陛下汇报此事。”

伊尔平静地接着说。

“那些被奥格达称为海盗的人，把货物换到停在海上待命的战船上，接着在海上把货物分到三艘商船上，打着正常贸易的幌子，让它们驶入三个港口。”

“……三个？”

“是的。位于奥格达西南部群岛的纳基岛和米加兰岛的港口。然后，用巧妙的办法，将鸟粪石加工成酒壶，装上纳基岛的特产果酒，再出口到别的藩王国。”

奥德森面露惊讶的神色。

“其他藩王国？哪个？”

“利格达尔。”

奥德森半张着嘴，盯着伊尔看了一会儿。然后，以拳抵额，一脸严肃。

“……原来如此。是这样啊。如你所言，必须弄清藩王国监视省是否真的尚未得出结论。——就算是因为事关重大，还在慎重查证，也不该完全没向我汇报。这是因为‘顺风耳’办事不力？还是因为叔父一派一手遮天……”

奥德森低着头，焦躁地“啧”了一声。

“话说回来，竟然是利格达尔！为什么要干这么蠢的事！”

伊尔端起酒杯，喝了一口，把酒杯轻轻地放回桌上。

“因为他们也急了吧。”

奥德森抬起头来。

“这我也知道。把姐姐嫁到东坎塔鲁，是父皇为了均衡各方势力而采取的策略。但在利格达尔藩王看来，父皇没有把姐姐嫁给他的儿子，偏偏嫁给了邻国的王子。这是对东坎塔鲁莫大的恩宠，所以才会让他感到不安、焦虑。

“但是，香君大人是从利格达尔选出来的。这难道不是最大的恩宠吗？却因为这点小事，急到采取这样愚蠢的手段！”

伊尔眨了眨眼。

“非常抱歉，可能是我说得不够明白。我想说他们之所以急了，或许正是因为香君大人出自利格达尔。”

“嗯？”

“香君大人已经在位十五年了。”

奥德森眼中闪过光芒。

“原来如此，他们是因此而焦虑啊！”

伊尔点点头。

“是的。因为香君出自利格达尔，他们获得恩宠，得以增加奥乐稻的产量，人口也大大增加。然而，这几年，奥乐稻产量增加带来的负面影响逐渐显现。人口的增加、利益的分配失衡与贫富差距急剧增大，使人民的不满情绪日益高涨。”

奥德森哼了一声。

“是啊，利格达尔藩王没能管理好官员。官员腐败成性，利益分配自然不可能平衡。”

伊尔叹了口气，接着说。

“我们也落了后手，应该更早介入此事。”

“先不说利格达尔。奥格达那边怎么样？谎报鸟粪石的产量，是企图自己生产肥料？”

伊尔笑了笑。

“关于这件事，我请求陛下先静观其变。”

“为什么？”

“因为这正是了解奥格达把鸟粪石卖到哪里，弄清流通过程的好机会。当然，只要我们掌握了足够的证据，便会禀明皇帝陛下，严惩他们此前的所作所为。”

“作为策略，我可以理解这样的做法……只是，不会有危险吗？”

伊尔淡然地说：“光有鸟粪石，并不能制作出适用于奥乐稻的肥料。不懂配方的人调制出来的肥料，反而会降低奥乐稻的产量。”

奥德森眯起眼睛。

“这一点我很清楚。供奥乐稻用的肥料的制法，是机密中的机密，是支撑帝国发展的秘密。但是，世事无绝对。我担心的正是你这种自信。你能断言这种自信不会变成自大，蒙蔽自己的双眼吗？帝国给藩王国配送肥料已经很多年，就算有人发现肥料配方的秘密，独立制作肥料，成功提高奥乐稻的产量，也不足为奇吧？”

伊尔平静地回答。

“像我这样的人，不能断言不会因为自大而被蒙蔽。但我的父亲、我的祖父，一代代守护着这个秘密的我们家族的祖先，应该都曾面临这样的危机。”

“那……”

伊尔坦然自若地打断皇太子的话。

“但在现阶段，肥料的秘密应该不会被藩王国发现。”

奥德森眼里浮现出焦躁之色。

“为什么这么肯定？”

伊尔笑了笑。

“殿下您这么问我，就证明了这一点。”

奥德森猛然皱紧眉头。

“什么意思？”

伊尔收起笑容，盯着奥德森。被伊尔这样直勾勾地盯着，奥德森有些不快。

“如果您知道肥料真正的秘密，就不会问我这个问题，可您刚才却问了。”

伊尔的眼神有些冷。

“皇太子殿下，您作为皇位的第一继承人，在动用诸多‘顺风耳’，并在藩王国监视省也布置了眼线的情况下，都不知道的事情，藩王国的人如何能够得知？”

奥德森沉默地盯着伊尔，然后，低声问道：“……肥料真正的秘密到底是什么？”

伊尔与奥德森对视，回答道：“这是只有皇帝陛下与香君大人才能知道的秘密。”

奥德森眼里的怒火一闪而逝，马上变成了阴沉的笑容。

“只有皇帝陛下、香君大人和卡修加家族，对吧？”

伊尔静静地低下头。

奥德森盯着伊尔毫无表情的脸看了一阵，叹了口气，换了个话题。

“……那么，利格达尔怎么办？”

伊尔抬起头，撩起滑落在额头的发丝。

“利格达尔和奥格达勾结，处罚奥格达之际，也要对利格达尔进行惩罚。但这关系到统治藩王国的根基，光处罚是不够的。”

“具体说说。”

“有几件事很难办，我正在慎重考虑。因为不是那么着急的事情，所以我也恳请陛下再给我一些时间。”

奥德森歪了歪嘴角。

“区区对策罢了，以你的能力，已经有不少想法了吧。”

说完这话，奥德森脸上的冷笑消失，一脸严肃。

“不过，我也明白你说的要慎重的意思。如果不谨慎处罚利格达尔，最终可能会损害香君大人的威信。”

伊尔点点头，把视线转向窗外，阳光晃得他眯起眼睛。然后，他说：“的确如您所言。”脸上的表情让人看不透他到底在想些什么。

一走出奥德森的府邸，伊尔就被一直等在马车旁的年轻人迎上了马车。

马车一开动，年轻人就迫不及待地开口说：“父亲大人，您和奥德森殿下谈得怎么样？”

“嗯，正如我所料。”伊尔说完，脸色突然阴沉下来。

“考虑到今后的事，得给他找个好帮手。对肥料的秘密，他竟然连一丝怀疑都没有，说明辅佐他的人太蠢钝了。虽然这与他的资质也不无关系。”

“……”

年轻人一边听着父亲的话，一边思考着什么。不久，他一脸严肃地说：“父亲大人。”

“嗯？”

“您认为肥料的秘密今后也能一直保守下去吗？”

伊尔看着儿子。

“你是怎么想的？”

“说实话，我总觉得可能要守不住了。”

“你的根据是？”

尤吉尔凝视着父亲。

“肥料的秘密，其实就是一个骗局。要想识破这个骗局，需要转变想法。另一方面，很小的事情也可能使人们识破这个骗局。”

尤吉尔皱起英气的眉毛，接着说道：

“从奥格达被纳入帝国统治下的那天开始，我就感到不安。奥格达是个海运发达的海洋王国。我担心总有一天，他们会在下辖的小岛上发现鸟粪石的矿床，暴露肥料的秘密。”

伊尔默默地听儿子说着。

“在此之前，各藩王国的人没有机会在本国尝试制作肥料，因为鸟粪石处于严格的管控之下，只有在我们提供的肥料中才有。所以，在这么漫长的岁月里，肥料的秘密才没有被暴露吧。可是……”

尤吉尔看着父亲。

“奥格达获得了能够供他们自由使用的鸟粪石。想必他们已经开始尝试生产肥料，并且用在奥乐稻上了吧。”

“……”

尤吉尔眼中浮现出犀利的光芒。

“既然是这样，就算他们现在没有发现，在不久的将来也会发现。帝国赏赐的肥料并没有什么秘密，只要知道原材料和用量，谁都能生产出来。”

伊尔苦笑了一下，开口说：“是啊，他们迟早会发现的吧。但是，就算他们发现了，也不能做什么。”

伊尔眺望着窗外的街景，说：

“虽然你用‘骗局’来形容，可帝国从来没有宣传过肥料有什么秘密。所谓的‘肥料的秘密’，不过是使用御赐肥料的人们自己臆想出来的罢了。虽说这有助于提升奥乐稻的神秘感，但除此之外并没有其他的意义。可就连皇太子都没有意识到这一点。”

轻轻叹了口气，伊尔接着说：

“我们要死死守住‘发芽的秘密’，而不是‘肥料的秘密’。就算他们能生产出肥料，只要没有能发芽的稻种，就无法摆脱帝国的掌控。”

每当沿路的房屋挡住阳光，伊尔脸上便有阴影闪过。

“赏赐给他们肥料不过是为了控制奥乐稻的生长。

“我们告诉他们的是最合适的分量。如果用的肥料过多，奥乐稻的生长就会变弱，导致收成减少；反之，虽然能增加产量，可奥乐稻的毒性就会增大，以致不能食用。就算他们想动手制作肥料，也做不出来。”

尤吉尔的脸色阴沉下来。

“话虽如此，可是……”

伊尔把视线转回儿子身上。

“你的担心并非没有道理。”

“……”

“奥格达那群人也不傻。他们不会不知道肥料的分量很重要，并不是施肥越多产量越高。所以，他们尝试自己生产肥料恐怕并不是为了增加收成，而是为了有朝一日从帝国独立出来后，也能种植奥乐稻。

“虽然只要他们不能生产稻种，这种尝试就毫无意义，可他们有这样的野心就说明奥格达很危险。”

说着，伊尔微笑了。

“如果是你，会如何应对？”

“嗯……”

尤吉尔一边搓着大拇指一边说。

“还是要加以惩戒。如果他们认为帝国没有发现他们非法开采并走私鸟粪石，只会助长他们的嚣张气焰，让他们觉得我们无能。”

伊尔点点头。

“你说得没错。我也是这样向陛下提议的。”

尤吉尔的视线落在地板上，一边思考一边慢慢地说。

“但是惩罚他们这件事也不好办。奥格达成为藩王国的时间还不长，况且如果因为此事处罚奥格达，势必要连利格达尔一起处罚……”

说着，尤吉尔突然抬起头。

“对了，说到利格达尔，听说叔父大人回来了，向陛下汇报了西坎塔鲁的情况。”

尤吉尔的眼神一亮。

“听说他把西坎塔鲁过去的王族带回来了，是个年轻女孩，叔父大人想把她藏在‘利亚菜园’里。为什么要把她送到‘利亚菜园’去呢？

藏人的地方，家里不就有吗？”

伊尔苦笑着开口说：“你的消息可真灵通。从哪里听说的这些事？”

尤吉尔不禁红了脸。

“无意间听到的。”

“无意间听到的啊？”

伊尔沉默地盯着儿子的脸看了一会儿，然后平静地问道。

“刚才你说到利格达尔就提起叔父大人……为什么会从利格达尔联想到马修呢？”

尤吉尔心里一惊，脸上露出狼狈的神色。

“说实话！”

尤吉尔眨着眼睛，开口道。

“……以前，去香君宫的时候，听宫里的侍女们提起。”

“她们说了什么？”

尤吉尔涨红了脸，紧张地回答。

“那个……她们说叔父大人和香……香君大人以前关系匪浅。所以，叔父大人才不当高级香使，而是加入了军队。”

“……”

尤吉尔犹豫了一会儿，问道：“这是真的吗？”

伊尔嗤笑一声。

“胡说八道！如果真有那样的事，香君大人现在就不在这世上了。”

伊尔冷冷地说。

“而且，马修怎么会干那么蠢的事。他比你想的可怕多了。香君大人美得超凡脱俗，马修气质冷傲，这才成了憧憬恋爱故事的侍女们的谈资。”

然后，伊尔深深叹了口气。

“然而，侍女们现在还在传这些流言蜚语，这是危险的征兆。香君大人太过温柔，所以她们才敢胡说八道……”

伊尔冷冷地盯着儿子看。

“你也要牢牢记住，香君大人不是‘人’！”

“……是。”

“不要掉以轻心！身为新卡修加家族家主的长子，你知道内情，所以在内心深处把香君大人当成了‘人’。”

尤吉尔脸色刷白，摇了摇头，伊尔却不为所动。

“不，你就是这么想的。否则你怎么会相信香君大人和马修是恋人这样的话。”

伊尔盯着儿子看，眼里闪动着光芒。

“你的一个举动，就可能导致一切分崩离析。”

伊尔平静地说：“一直以来，我都对你很宽容。但我是卡修加家族的家主。为了帝国，就算要对亲生儿子动手，我也绝不会有一丝犹豫。当你露出破绽的时候，我会毫不犹豫地和你断绝关系，让你从此无法再言语，以免你泄露秘密。”

突然亲眼看到父亲暴露出真实的一面，尤吉尔脸上顿时血色全无。他的手仿佛也失去了血色，他咬紧牙关，忍住颤抖，深深低下头。

“……我会牢牢记住您的话。”

·4·

月下的人影

“叽、叽、叽——”奥莉耶被尖锐的鸟叫声吵醒。

两只鸟儿从窗外横穿而过。这附近是其中一只鸟的地盘吧。即便窗户上镶着厚厚的玻璃，也能清楚地听到鸟儿气势汹汹的叫声。

奥莉耶刚才在看书，不知什么时候睡着了。房间里的桌椅在地板上投下了长长的影子。她似乎睡了很长时间。

也许是因为有心事，奥莉耶最近睡不踏实，夜里会醒好几次。一旦醒来就会心跳加速，毫无睡意，辗转反侧，一直睁着眼到天亮。

大白天困成这样，恐怕也是因为这个原因。

奥莉耶叹了口气，站起来，眺望窗外。

从三楼的这个房间可以看到广阔的菜园，里面种了各种蔬菜、草药，还能看见对面的森林。

绿树在阳光的照射下，美不胜收。

“要不要暂时离开香君宫，到‘利亚菜园’去休息一段时间？”拉奥大师之所以这么问她，也是因为看穿了奥莉耶内心的疲惫吧。

十三岁的时候，奥莉耶开始作为香君在帝都生活。她不习惯新生活，感到筋疲力尽，噩梦连连。拉奥大师很为她担心，便邀请她到位于自己领地的“利亚菜园”去静养。

自那以后，“利亚菜园”便成为奥莉耶能够放松心灵的一个地方。

“利亚菜园”里的人不知道奥莉耶是香君。

他们以为奥莉耶是拉奥大师出于某种绝密的理由需要藏起来的贵人，偶尔会把她带到这里来。从拉奥大师的态度，大家意识到奥莉耶的身份高贵，非常尊敬她。但他们不会像香君宫的人那样，畏惧奥莉耶，连她的脸都不敢看。

所以，奥莉耶在这里生活时，内心很平静。

在阳光明媚的菜园里，有几个人影，忙着各自的工作。

虽说是菜园，但这里种的植物不是用来卖的，而是用来做研究的。被称为“菜师”的植物专家从帝国各地收集各种各样的植物进行栽培，每天都在研究如何防治病虫害等。

“菜师”下面有被称为“农人”的工匠，负责栽培植物，其下还有负责协助“农人”的“农子”。

菜园的工作虽多是体力活，但“农子”并非农民的孩子。

这些少男少女都出自名门望族，和卡修加家族有亲戚关系，经过严格的选拔被挑选出来。新卡修加家族家主的孩子也必须在这里接受一段时间的教育。

顺便说一下，旧卡修加家族的孩子要在新卡修加家族管理的“罗亚工坊”拜师学艺，修行一段时间，学习如何制作肥料。

自从卡修加家族一分为二后，这项制度就一直存在，目的是让卡修加家族的人掌握应该具备的知识，使两大家族彼此之间没有秘密，某种意义上也可以说是为了让他们互相监督。

开始在菜园工作的那天，这些孩子要当着拉奥大师——旧卡修加家族家主的面发誓，不会将在这里或是“罗亚工坊”学到的东西泄露出去。如果违背这个誓言，就算是卡修加家族家主的孩子也要付出生命的代价。

虽然菜园有严格的规章制度，但这里的生活却出人意料地平静，孩子们可以在这里开心、茁壮地成长。

拉奥大师挑选出来的孩子各有所长。这些孩子在几年后会成为“农人”，其中更优秀的孩子将成为“菜师”或“香使”。

在眺望菜园时，奥莉耶发现了一个陌生的女孩。

她用蓝色的发带绑着头发，身材纤细，正跟着年长的农子学习如何养护盆栽。

在这里工作的少男少女约有二十人，奥莉耶都见过。但眼前这个认真看着农子动作的女孩，她一点印象也没有。

“啊……”奥莉耶想起不久前来拜谒她的那个女孩，想起从竹帘后面传出的不卑不亢的声音。

“已经开始干活了啊。”

昨晚，侍女说在拉奥大师的极力推荐下，菜园里来了新人。

侍女有些不解。她说有两个农子，因为婚事定下来，辞去了菜园的工作。新来的女孩是来接替她们的工作的吧。听说她出生于藩王国，让这样身份的人进入“利亚菜园”，实属罕见。

因为从拉奥大师那儿什么也没听说，所以侍女说起来的时候，奥莉耶觉得有些奇怪。她想或许是拉奥大师怕打扰来静养的自己，想着回头再问问他，结果直到现在才想起来。

“拉奥大师今天和明天都在皇宫当值，后天问问他吧。”这么想着，门外响起铃声，拉铃的人似乎有些犹豫。

“请进，我醒着。”

奥莉耶说完，侍女走了进来。

“差不多到喝茶的时间了，我给您送过来好吗？”

奥莉耶笑着说：“嗯，麻烦你了。”

在菜园里劳作的人们睡得很早。

除了警卫以外，吃过晚饭，大家都早早洗澡上床睡觉去了，所以整个院子都很安静。

奥莉耶也很早就躺下了，可迟迟睡不着。可能是白天睡得太久了吧。睡不着，于是在床上不停地翻来覆去，很痛苦。不久，她叹了口气坐了起来。

掀开被子，一阵凉气袭来，不过并不冷。往年，就算是这个季节，夜里也很冷。她在睡衣外面披了一件外衣，觉得暖和多了。

房间里亮得有些晃眼。上床的时候，她忘了把窗帘拉上。

这也是她睡不着的一个原因吧。

“最近总是这样，我得注意点了。”

奥莉耶下床，穿上鞋，走到窗边。

眼前是澄澈的蓝色夜空。一轮满月挂在蓝色的天空上，洒下白色的月光。整个菜园仿佛下了一层白霜，亮得令人惊奇。

过道两边的两块地看上去也有些发白。

寂静的菜园里，突然有什么动了一下。奥莉耶定睛一看。

“有人在菜园里！”

“得叫警卫！”奥莉耶猛地想。突然，她发现那个人影是个女人，便停下动作，目不转睛地盯着那个人影看。

“她在干什么呢？”

那个人影蹲在右边的田里，在干些什么。

过了一会儿，她站起来，手里拿了个东西。只见她小心翼翼地掸了掸那个东西的下面部分，穿过过道，走到左边那块稍远些的田地，蹲了下来。

“她在移栽植物！”意识到这一点，奥莉耶晃了一下，手扶窗框才支撑住身体。

心跳越来越快，跳得胸口发疼。

很久以前，她看到过一样的场景。——那时，那人还是少年。在夜深人静的时候，他也像这样移栽过植物……

“……梦？这是梦吗？”

额头发麻，胸口发疼。明知自己醒着，却仍觉得这是一场梦。

“移栽完之后，他闻了风的气味。”奥莉耶心想。

与此同时，那个人影做出闻风的气味的动作。

奥莉耶用颤抖的手捂住嘴。然后，她一直往下看着菜园，直到那个人影回到院子里。

奥莉耶一直处于半梦半醒的状态，做了好几个梦，早晨醒来后觉得很累。等她洗完脸，侍女端来了早饭。她还是有种眼前的东西不真实，迷迷糊糊的感觉。

侍女把早饭摆在餐桌上。

今天又是晴朗的一天。透明的朝阳照得玻璃杯的边缘闪闪发光。玻璃杯里装着刚刚挤出来的牛奶。

“今晚，那个人影再出现的话……我就到菜园里，去弄清到底是谁。没准是哪个孩子的恶作剧，睡不着，在菜园里晃悠。不能太焦虑，不要想太多。”

奥莉耶心里想着，伸手去拿热乎乎的煎薄饼。这时，屋外传来几声惊叫声。

“出什么事了？”

奥莉耶把脸转向窗户的方向。侍女从窗户往外看。

“好像是有人晕倒了。”

“晕倒了？谁？”

奥莉耶正要站起来，侍女连忙伸手制止她。

“我出去看看，您接着吃早饭。”

侍女走出房间，奥莉耶起身走到窗边。

几个农人和农子围在一起，想把晕倒在过道上的人抱起来。

从房间走出来的侍女走近人群。农人注意到她，迎了上去，解释起来。不一会儿，菜园专属的女医师走出来，走进人群里。

奥莉耶心里乱哄哄的，紧盯着人群。

不久，侍女气喘吁吁地回到屋里。

“让您久等了，非常抱歉。晕倒的是个农子。她干了些错事，被人盘问的时候，突然晕倒了。听说会被送到医术院去。没什么大事，您放心吧。”

“……没事就好。”

声音变得嘶哑，奥莉耶清了清嗓子。

“太好了，那我就放心了。辛苦你了。”

侍女红了脸，低下头。

“您太客气了。谢谢！”

奥莉耶正要回到餐桌旁，又停下了脚步。她总觉得放心不下。虽说觉得不该多管闲事，可想要弄清楚的心情还是占了上风。

为了冷静下来，奥莉耶深吸了一口气，对站在房间角落的侍女说：“农人，你去把盘问那个农子的农人叫来。”

侍女挑眉反问：“把农人，带来吗？”

“是的。去把他带来吧。”

侍女深深鞠了一躬，快步走出房间。

被侍女带进房间的农人是个年轻女人，刚当上农人不久。奥莉耶见过她，但没有和她说过话。

农人走进房间，跪在地上，低下头。

奥莉耶努力用平静的口吻和她说话。

“请抬起头来，坐在那边的椅子上。”

农人抬起头，神色有些紧张地坐到椅子上。

“你正忙着，把你叫来真是抱歉。”

“哪里……”

看着农人不知为何被叫来，一副不知所措的样子，奥莉耶说：“请你来，是想问问关于晕倒的农子的事。听说她犯了错，犯了什么错呢？”

可能以为会被斥责吧，农人身体一僵。

“也不是什么过、过错，她是新来的，有些奇怪。她做了不该做的事，我不得不稍微严厉一些盘问她……”

“不该做的事是指？”

农人眨了眨眼。

“嗯，那个，不知道为什么她半夜到菜园里，把田里种的东西换了位置。”

农人的语速越来越快。

“三天前，我第一次发现这件事。本来应该种在‘除草田’里的植物被移栽到了‘培育田’里。那个时候，我只是觉得有些奇怪。我把它们换回原位，可第二天又被换了回去。

“我想是谁在搞这样的恶作剧呢。那个姑娘的同屋说，看到她半夜偷偷摸摸跑出去了。所以，我才问她为什么要那么做……”

奥莉耶身体往前倾，问道：

“她说为什么要那么做了吗？”

农人摇了摇头。

“没有，她很顽固，什么也不说，低着头，突然就晕倒了……”

“你说她是新来的，是那个破例被收进来的孩子吧？”

“是的。”

“听说她是从某个藩王国来的，是因为语言不通吗？”

“不是，听说她是从西坎塔鲁的深山里来的，但她说的乌玛鲁语一点儿口音也没有。”

奥莉耶猛地屏住了呼吸。

“西坎塔鲁的深山……！”

看着农人一脸诧异的样子，奥莉耶把憋在胸口的气，轻轻吐了出来。

“这样啊，”奥莉耶深深吸了一口气，对农人说，“谢谢。在你正忙的时候把你叫来，真是抱歉。你可以走了。”

·5·

奥莉耶与爱伊莎

爱伊莎做了个梦。

梦见自己睡在母亲身旁。挂着厚窗帘的房间，即使在白天也很昏暗，屋里弥漫着一股草药味。

开门声响起。她以为是父亲进来了，想睁开眼，却怎么也睁不开。大脑很累，她困得睁不开眼。

突然，爱伊莎闻到清凉的花香味，眼皮颤抖起来。

“青香草……”

进来的不是父亲，是香君大人。

房间不知何时变成昏暗而宽阔的大厅，黄昏的光线从天花板上照下来。香君大人走过来，坐在她身旁。

她看不到香君大人的脸。

爱伊莎吓得身体一抖，睁开了眼睛，心脏怦怦跳得像在敲警钟。

她在昏暗的房间里。房间空荡荡的，摆着几张空床。应该是白天。窗帘布泛着淡淡的白光。

有人坐在她身边。

“醒了？”

那人温柔地问爱伊莎。爱伊莎喘着粗气，盯着那个人看。

是个女人，仿佛是青香草的香气幻化而成。

她长得很美，爱伊莎呆呆地盯着她看，心里很乱，好像还在梦里。

“香君大人……”

不可能！

明知不可能，可眼前这个人和竹帘后面那个人发出的味道完全一样。

人的气味每时每刻都在发生变化。

即便如此，就像不管母亲换了发型还是换了衣服，她的孩子永远不会认错一样，就算气味发生了变化，你还是能分辨出“这是那个人的气味”。

“感觉怎么样？”

被这么一问，爱伊莎回过神来，用嘶哑的声音回答。

“谢谢。我没事了。——那个，您是……”

女人微笑着。

“对不起，我没有先介绍自己。我叫奥莉耶……”

然后，她稍稍犹豫了一下，随即接着说："因为某些原因，我不能说出我的姓氏。不过，我是承蒙拉奥大师的盛情款待，在此逗留的。"

爱伊莎眯起眼睛，在口中反复说着"奥莉耶……大人"。

慢慢地，她的头脑清醒过来，拼命思考着。

"她果然是竹帘后面那个人。"

这一点绝对没错。

但是，住在香君宫的活神，不可能像这样坐在她床边的椅子上。明知不可能，可这不是在梦里，此时此刻她就在眼前。

这时，传来了铛、铛的钟声。这是通知中午开饭的钟声。

听着熟悉的钟声，混乱、兴奋的心情逐渐平静下来。

虽然不知道她为什么这么做，总之，既然她自称奥莉耶，隐瞒了香君的身份，现在只能把她当成"奥莉耶"对待。

虽然是这么想的，可爱伊莎没法若无其事地躺着。她掀开毛毯，准备坐起来，奥莉耶伸手阻止了她。

"别动，就这么躺着吧。"

"可是……"

奥莉耶微笑着说："你晕倒了，必须静养。不用坐起来打招呼了。"

"……"

奥莉耶的坦率让爱伊莎不知道该说些什么。

她美得超凡脱俗，却并不是一眼望去全身散发着耀眼光芒的人。

看上去只是一个温柔、稳重的女人，却自有一种特殊的气质。

“很抱歉吓到你了。突然有个陌生人坐在旁边，任谁都会觉得奇怪吧。只是，我听说了你晕倒的经过，有些事想问问你。”

爱伊莎低下头，以免冒犯奥莉耶。

“您想问什么呢？”

“就是……”

说到一半，奥莉耶犹豫了一下，接着说：“你为什么低着头？就像平时一样看着彼此的脸说话吧。”

犹豫了片刻，爱伊莎抬起头，双眼直视着奥莉耶。

奥莉耶如释重负。

“啊，这样比较好。”

奥莉耶清了清嗓子，说了声“那么”。

“我最近总是睡不着。”

“……”

“昨天晚上呢，我实在是睡不着，心想睡不着一直躺在床上更难受，于是索性起床，走到了窗户边。昨晚是个美丽的月夜，对吧？”

“……”

“菜园凉亭的屋顶很亮，好像铺了一层白霜。我看见有个人影在菜园里，不知道在干些什么。”

说到这里，奥莉耶盯着爱伊莎，微微一笑。

“那个人是你吧？”

爱伊莎点了点头。

“是的，是我。”

“你是在移栽植物吧？”

“是的。”

预料到下一个问题，爱伊莎身体僵硬起来。“你为什么要这么做？”就算她这么问，自己也没法回答。

然而，奥莉耶下一个问题与她预想的有些不同。

“你移栽的是什么植物？”

爱伊莎有些疑惑，仍如实回答。

“对不起。我不知道植物的名字。在我长大的地方，没有那种植物，我还没有问别人它的名字。”

奥莉耶眼里划过一道光。

“虽然不知道它的名字，但你觉得应该把它种在别的地方，对吗？”

爱伊莎正要点头，却不由自主地停下了动作。

脑海中仿佛有一道闪电划过。爱伊莎瞬间理解了这句话背后的含义。

“她明白！”

想到这里，她很想嘲笑自己的迟钝。

这有什么好奇怪的。眼前这位可是香君——通过气味了解万象的香君大人。“我不用隐瞒……”

这么一想，紧绷的情绪突然迸发，身体开始颤抖起来。

来到这里以后积压起来的痛苦一下喷涌而出，爱伊莎的身体止不住地颤抖。

奥莉耶目不转睛地看着她。

她的眼里闪着不可思议的光芒。她的表情虽然很平静，内心却十分激动。爱伊莎通过空气中飘来的气味感受到了这一点。

“果然……”

奥莉耶闭上眼睛，深深叹了口气。

不知道在想些什么，奥莉耶保持着这个姿势，久久未动。

过了一会儿，她深吸了几口气，让内心平静下来，然后睁开眼睛。

奥莉耶眼中满是悲悯的神色。

“你很痛苦吧。”

奥莉耶伸出手，温柔地抚摸着爱伊莎的肩膀。爱伊莎觉得眼角一热，忍不住闭上眼睛呜咽起来。

“你也睡不着吧？”

爱伊莎闭着眼睛，点了点头，眼泪从紧闭的眼眶滑落。

睡不着。——根本顾不上睡觉。

来到这个菜园，听到植物们通过“气味之声”发出的惨叫声，眼前过于混乱的景象，让爱伊莎差点吐出来。——在那块地里，为什么会密集地种植着那么多互相排斥的植物呢？

有些草木阻碍其他植物生长的力量很强大。

草木的“气味之声”很微弱，不像人的尖叫声、怒吼声那么大。

话虽如此，可在那个区域，由于把互相排斥的植物种在一起，有几种植物一直在发出惨叫。这种惨叫声也影响了其他草木，使整个菜园都变得很混乱。

一开始，爱伊莎想“一定要习惯才行”。

除了在这里生活下去，她已经无路可走。既然如此，那就必须习惯。只要习惯了，就能关上心门，和其他人一样生活下去吧。

可是，就算她待在院子里，那些气味也不停地飘进来。她越来越难以忍受，连带着食欲也越来越差。别说习惯了，她感到痛苦与日俱增。

她无法习惯那种植物遭受折磨发出的哭喊声，每天都在想“它们太可怜了，太可怜了”。过了五六天，连觉也睡不着了。

她想过从这里逃出去，逃到米尔查和爷爷生活的农场去。可转念一想，哪怕只有一丝可能，也不能冒被人发现他们还活着的风险。

如果要在这里生活下去，就必须想办法让草木不再发出惨叫声。可就算她跟别人说“气味之声”的事，也没有人能理解。

种种烦恼纠结之后，她想到了偷偷把植物换个地方种的办法。

“这里啊，”奥莉耶一边温柔地抚摸着她的肩膀，一边说，“不是普通的菜园，是一个进行各种测试的地方。”

爱伊莎睁开眼，惊讶地反问道：“测试？”

“是的。”奥莉耶点了点头。

“如果是普通的菜园，会想方设法让植物长得更好。可在这里，也会做一些相反的事。”

奥莉耶温和地说。

“在一些田里，会尝试种植看什么时候植物长得不好。你所在的那块田，之所以故意把互相排斥的植物种在一起，就是因为这个原因。”

听到这些意料之外的话，爱伊莎愕然地盯着奥莉耶。

“为什么要做这样的尝试呢？”

“为了深入了解植物。要想更好地培育它们，必须知道阻碍它们生长的原因。什么会抑制它们的生长？什么会使它们枯萎？为了弄清这些，我们在进行各种各样的尝试。”

奥莉耶的声音虽然低沉，但很清楚。

“不断进行尝试，或许就可以避免使用对人体有害的除草剂来清除田里的杂草。”

奥莉耶稍稍犹豫了一下，继续说道。

“而且，有一些作物在奥乐稻附近不能生长，你知道吧？”

爱伊莎瞪大了眼睛。

眼前浮现出在马车上看到的绵延向远方的金色麦浪，想起那独特而浓郁的香味。

“原来如此。”

她听父亲说，种奥乐稻的土壤会散发出与其他土壤不同的独特气味。有作物在那样的土壤里无法生长也不足为奇。

“在奥乐稻附近，谷物无法生长，但有些蔬菜可以生长。所以，我们在研究种什么、种在哪里、怎么种，蔬菜才能长得好。各个藩王国的气候风土不同，原来种植的农作物也不同。在‘利亚菜园’里，大家脚踏实地地进行着与农业和植物相关的各种调查，是为了促进整个帝国的农业繁荣发展，使人民生活富足。”

“……”

不知不觉间，爱伊莎的身体停止了颤抖。

“原来是这样。”

明明说是菜园，却来到了一个完全不像菜园的奇妙的地方——心里的这种恐惧感消失后，心情顿时变得轻松了。

“但是……”

爱伊莎不禁嘟囔了一声，又闭上了嘴。

“什么？不要紧，你想说什么就说。”

奥莉耶温柔地鼓励她。爱伊莎坦率地说出了心中所想。

“那么做太残酷了。草木自己不能移动，就算再痛苦也无法逃离。它们那么痛苦，发出惨叫……那些草木是无辜的。”

没有预料到爱伊莎会这么说，奥莉耶瞪大了眼睛。

不知道在想些什么，奥莉耶微微张着嘴，沉默了一会儿，然后低声说：“是啊……你说得没错。”

然后，奥莉耶低下头，又陷入沉默。

奥莉耶长时间的沉默使爱伊莎坐卧难安，她坐了起来。奥莉耶也跟着抬起头，开口说：

“不仅对草木来说，对你来说，在这里生活也很痛苦吧。——我会试着想办法让你到别的地方去。”

爱伊莎惊讶地反问：“别的地方？”

奥莉耶能理解她，并想办法帮助她，这让她觉得很开心。一想到能离开这里，她的心情一下变得灿烂起来，好像压在脑袋上的沉重的天花板被搬开了一样。

下一刻，她想起自己的处境，心中蒙上了一层阴霾。

“实在不敢当。”

爱伊莎说。

“真的非常感谢您，一心为我考虑。只是……有些情况，不是我一个人可以……”

奥莉耶挑起眉头。

“情况？”

“是的。”

“什么情况？”

爱伊莎握紧双手，眼神朝地上看。

“很难回答吗？”

被这么一问，爱伊莎低下头。

“是的。非常抱歉。”

奥莉耶的神情放松下来。

“我知道了。等拉奥大师回来以后，我会跟他商量。然后你再做决定吧。”

·6·
密室

“那我就这么安排了。让他们做好最晚后天出发的准备。”

拉奥从椅子上站起来，牵起奥莉耶的手，慢慢往门口走。

“谢谢。”

道完谢，奥莉耶羞涩地笑了笑。

“真抱歉，因为我也要去，所以准备起来这么麻烦。”

拉奥笑着说：“没关系，没关系。确实，比起这里，您在尤吉诺山庄应该能睡得更好。关于那件事，我已经做好万全的准备，您不用担心。安心在那儿待一段时间吧。”

奥莉耶点点头，走到走廊上，在侍女的陪同下离去。目送她离开后，拉奥关上自己书房的门，上锁，快步向房间后面走去。

他按了一下书架的一角，书架无声地往后移动。

拉奥走进暗门后面的小房间。坐在椅子上，就着烛光看书的马修抬起头。

“……你这家伙真可怕。”

拉奥一脸严肃地说。

“一切都如你所言。”

马修淡淡一笑，朝书房的方向瞥了一眼。

“还好刚才在那儿的是奥莉耶。如果是爱伊莎，会发现我在这里吧。”

拉奥挑了挑眉。

“她这么厉害？”

“嗯。”

“那她比你厉害。”

马修苦笑道：“我根本望尘莫及。”

拉奥脸色沉了下来。

“……会不会太危险了？让她留在奥莉耶身边。”

马修摇摇头。

“不会有事的。”

拉奥低声叹气。

“嗯，奥莉耶是个那么好的人，应该不会有事，但是……”

马修站起来，拉开椅子，请拉奥坐下。

拉奥坐下后，马修坐回椅子上，平静地说：“老师，眼前是一条出人意料的道路，请您不要犹豫。”

拉奥皱起眉头。

“确实是一条我们意料之外的道路。那个姑娘到底能做什么呢？就算像你所说的，她有和第一代香君大人一样的力量，又能开辟一条什么样的道路呢？我反而觉得，她打开的是一条通往毁灭的道路。”

“我理解您的担忧。爱伊莎的存在非常危险。不知道在什么时候，什么地方，会被什么人发现她的存在。”

拉奥盯着马修，神情严肃。

“岂止是危险。被某些人发现的话，可能会动摇帝国的统治。”

马修看着拉奥，淡然地说：“老师，无论如何，我们要做的事都会动摇帝国的根基。”

拉奥摇摇头。

“不，马修。我们要做的事确实会动摇帝国的根基，但我不想毁灭基于香君的存在而建立起来的一切。我不是要瓦解这一切，而是在维持这一切的基础上做出改变。否则，造成的危害将无法估量。”

马修凝视着拉奥。

“老师，您应该知道，我也是这么想的。但我不知道今后发生的事是否能让我们如愿。”

拉奥的表情有些扭曲，沉默地看着马修。过了一会儿，他说：“她怎么改变你一直担忧的悲惨的未来？”

“现在我还不知道。但是，爱伊莎或许能给我们面临的困境带来一线希望。”

“……”

“我也知道，奥乐稻散发出和其他植物非常不同的气味。但是，我不知道那种气味有什么用。爱伊莎的话，或许能弄清这一点。”

“……”

“奥乐稻是香君从神乡带来的。和香君拥有同样力量的人出现了。您是让我们不要借助她的力量，无视她的存在吗？”

“我没有这么说，我只是说很危险。”

“老师，我已经和您谈过很多次，您应该也能理解我为什么要这么做。事到如今又旧话重提，这实在不像您的风格。”

拉奥用手掌擦了擦脸上的汗，叹了口气。

“只是听你说，和亲眼看见她，完全……”

拉奥看着烛台上的火影，说道：“说实话，我并不完全相信你说的话。我的意思是‘如果在现实中有那样的事，我就同意你的想法’。说到底不过是一种假设。没想到，如今这世上，真的有那样的人……”

拉奥轻轻摇了摇头。

“当还是少年的你移栽植物时，我感到很惊讶。如果隔着厚厚的书架和墙壁，还能分辨出这个房间里的人的气味的话……”

拉奥抬起头，看着马修。

“已经远远超出了‘人’的能力范围。她太与众不同了。周围的人不可能注意不到。实际上，米吉玛已经发现了。她听说那个女孩毫不犹豫选择了第一代香君开辟的‘幽静之路’。”

在被称为“幽静之路”的几条路中，只有一条是第一代香君开辟的。其他几条，是在参拜人数日益增加后，由后来的香君开辟的，以防第一代香君开辟的那条路被过度践踏。

只有皇帝和卡修加家族嫡系的后人知道哪一条是真正的“幽静之路”。

他们知道第一代香君和后来的香君不同，不会对外泄露几条“幽静之路”的不同。这几条路有什么不同，以及关于香君的真相，他们只会告诉自己的子孙。

事先不知道哪一条是真正的“幽静之路”，却能从几条岔路中选中正确的那条，一直走下去。——在爱伊莎之前，从没出现过这样的人。

马修目光与拉奥对视。

“所以我把她交给了奥莉耶。”

“……”

“奥莉耶很聪明。虽然我的兄长很轻视她，但您应该知道。”

拉奥一边无意识地摸着灰白的胡子，一边喃喃自语道：“是吗……”然后，视线停在半空中，思考了一会儿。

不久，他把视线转向马修，缓声说：“是啊。你说得对。既然事已至此，把她放在奥莉耶身边或许是最好的选择。”

马修点点头，端起茶杯，喝了一口已经放凉的茶。

接着，又开口说：

“听说奥莉耶发现的虫卵，很有可能是奥约玛的。”

“你听米吉玛说的？”

“是的。光凭一幅画就下令调查，真不愧是老师啊。”

拉奥笑着说：“虽然难得被你夸奖，但我有点害怕。”

拉奥一边轻轻地摩挲着手臂，一边说：“你的担心果然是对的。”

“……”

“我总是忍不住想，如果没有发生那次大地震就好了。”

第一代香君逝世六十三年后，帝都遭遇了大地震，发生了一场大火，香君宫的书库也被大火包围，烧毁了许多珍贵的书籍。《香使诸项规定》及记录其细则的规定虽然幸免于难，但制定各项规定的理由没有留存下来。

把马修刚才读的抄本拉到手边，拉奥轻轻用手描绘书上的插图。

“只有《香君异传》保留了关于奥约玛的记载，但极为简短。记载了皇太祖在阿玛亚湿地开始种植奥乐稻时，暴发虫害，奥乐稻损失极大。书中记录了虫卵的特征，‘皇太祖脸色苍白，惊恐地下令把奥乐稻全部烧毁’。自那以后再也没有关于奥约玛虫害暴发的记录。”

“……这个事实说明，第一代香君制定的《香使诸项规定》是有效的。第一代香君针对各种各样的状况，制定了十分详细的应对措施。严格遵守各项规定和细则，的确有重要意义。”

拉奥点点头。

“是啊。事到如今，我也这么觉得。”

拉奥深深叹了口气，说："你父亲过去也坚持说，改变《香使诸项规定》会危及未来。"

在帝国漫长的历史中，对《香使诸项规定》进行修改，表面上是那个时代的香君下的命令，实际上是在皇帝主导下进行的。

三十四年前，他们对"报告奥乐稻产区的气候与虫害发生情况"这句话进行了修改。拉奥与马修的父亲尤马也参与了这项工作。

"不过，那也是无奈之举。现在回头想想，如果没有进行那项修订，或许能避免奥约玛虫卵被忽视的危险……"

随着帝国领土的扩大，种植奥乐稻的区域也逐渐扩大，对所有种植区的详细情况进行记录变得困难起来。因此，将原有规定修改为：对种植区域进行划分，在每个区域只调查其中一个种植区的气候与虫害的发生情况。

虽然尤马强烈反对这一改革，但当时的皇帝与新旧卡修加家族的家主都没有把年仅十七岁的尤马的反对当回事。虽然经过努力，拉奥提出的折中方案——让各地的农民进行报告——被通过了，但规定被修改却是不争的事实。

"我也认为那一次改革不可避免。……但是，"马修说，"不应该进行去年的改革。"

拉奥沉默了一会儿，终于点点头。

"……是啊。今后如果暴发大规模的奥约玛虫害，我作为参与改革的人，必须承担责任。"

去年，又对《香使诸项规定》进行了修改。

删除了“因高温多雨等原因出现约玛虫害暴发的征兆时，应在肥料中添加猕夏草”这条规定。虽然直接原因是猕夏草发生病害，但这项改革与帝国的统治密切相关。

约玛是唯一一种可能附着在奥乐稻上的害虫，但它并不妨碍奥乐稻生长，对收成几乎没有影响。约玛种类繁多，不管在帝国本土还是各个藩王国，都十分常见，并且会随风移动。在温暖多雨的年份可能大量出现。每当遇到这种情况，就要改变那个地区的肥料，这对香使来说是个极大的负担。

另外，加入肥料中的猕夏草与其他原料不同，细则要求将“根与叶汁液饱满”的猕夏草加入肥料中，所以为了供藩王国使用，必须在当地栽种猕夏草。由于猕夏草既不能食用也不能药用，帝国必须收购剩下的草料。

而且，加入猕夏草后，奥乐稻的产量会锐减，帝国需要提供解决策略。皇帝把帝国的稳定视为最重要的课题，听说猕夏草发生病害后，立刻要求新旧卡修加家族的家主讨论是否可以修改此细则。

于是，两家的家主在约玛大量出现的种植区，尝试使用不加猕夏草的肥料培育奥乐稻。在确认不会出现问题后，决定删除那项规定。

“虽然现在后悔也晚了，但我那时认为修改那项规定并不会导致奥约玛虫害暴发。因为上上代的‘虫害之长’霍拉姆大师曾经说过一件事。”拉奥说。

“三十四年前修改规定时，因为尤马很担心奥约玛虫害会暴发，我曾经问过霍拉姆大师，约玛是否会发生变异。

“大师说约玛的确会发生变异。由于高温多雨等原因，一旦它的食物草料疯长，约玛就会大量繁殖。待食物减少后，它们就会挤在一处。有时会看到翅膀变大、下巴变结实的约玛。”

拉奥直视着马修，接着说：“我又问大师，如果约玛大量出现时，减少它们的食物——比如奥乐稻等，能防止它们变异吗？”

马修眼里浮现出光芒。

“……霍拉姆大师怎么回答的？”

“霍拉姆大师笑着说：‘不不，恰好相反。’

“如果食物中的养分减少，我想反而会促进变异。原本约玛变异是为了生存下去。约玛之间互相争斗，下巴变得坚固，有利于繁衍子孙，翅膀变大是为了离开拥挤、食物短缺的地方，飞往新天地。

“如果是这样的话，在约玛大量出现、持续混战的时候，如果减少奥乐稻，反而会促进变异吧。”看着马修脸上浮现的表情，拉奥说。

“说起来，我没跟你说过这件事。”

“……嗯，我是第一次听说。”

拉奥摸着下巴。

“总觉得很难开口，因为不是什么美好的回忆。听了霍拉姆大师的话，我觉得很放心，但尤马并不同意，我们差点吵起来。”

马修眨了眨眼。

“我父亲是怎么说的？”

“他说‘人并非无所不知。我们不是全知全能的，不完全了解昆虫与奥乐稻。第一代香君制定那些规定，应该有相应的理由。既然不知道她为什么做这样的规定，贸然改变是很危险的’。”

拉奥仿佛回忆起昔日的种种，接着说：“那时，我对尤马说‘我们的确不是无所不知的，正因为如此，只能以已知的情况为线索进行思考。历史会告诉我们，你和我谁是对的’。”

拉奥叹了口气，苦笑了一下。

“结果证明尤马是对的。但在我看来，霍拉姆大师说得很有道理。说实话，现在我也像他那么想。

“如果约玛大量出现，因为食物不足而发生变异的话，那么第一代香君为什么要留下‘抑制奥乐稻’的记载？比起抑制，不如给予充分的营养，这样不是更能够防止它们变异吗？”

“……很抱歉，我恐怕要和我父亲说一样的话了。”马修说。

“我们之所以认为不合理，或许是因为还有我们不知道的事。

“关于约玛的变异，可能还有我们不知道的原因。最重要的是，我们还很不了解奥乐稻。正如喂家畜吃奥乐稻的稻梗，它们会长得很胖，奥乐稻或许有改变生物的力量。”

拉奥沉吟道：“但是，在约玛大规模出现的地方，试着种了一年没有被猕夏草抑制的奥乐稻，不是什么也没发生吗？其中肯定有吃过奥乐稻的约玛。”

“那里确实有很多约玛，但并不到‘大规模出现’的程度吧？

“正如《香使诸项规定》中所记载的那样，‘在约玛大规模出现的征兆显现时’，重要的是，‘大规模出现’与‘没有被抑制的奥乐稻’这两种情况同时出现吧。”

拉奥皱起眉头。

“可是，这次发现奥约玛虫卵的拉帕地区，也没有报告奥约玛大规模出现吧？”

马修从怀中取出一张纸，放在桌上。

“这是放在拉帕郡司书库里的资料的一部分，记录了拉帕地区农夫上呈的报告，被当作杂事报告，放在了准备销毁的箱子里。”

拉奥拿起那张纸读了起来，十分惊讶。

“这是……”

显然这份资料被草率对待了。在这张皱巴巴、脏兮兮的纸上，用奥格达文字写着“多雨、持续高温。约玛大量出现，铺天盖地”。

“若是从前，这份报告应该交到香使手中。农民如实报告了高温多雨及约玛大规模出现的情况。可接到报告的官员却没有认真对待此事。”

拉奥闭上眼，喃喃地说：“怎么会这样？”

“……那么，当两个条件叠加时，奥约玛虫害就会暴发吗？”

马修凝视着拉奥，说：“必须要查明奥约玛虫害为什么会暴发。还必须考虑的一点是，在目前的情况下，任何地方都有可能暴发奥约玛虫害。

“即便在三十四年前修订规则后，一旦约玛虫害暴发，就必须更换肥料，所以香使十分关注约玛的动向。农民向香使汇报，香使认真执行规定。然而，从去年开始，不需要那么做了，所以才会发生这样的事。”

拉奥阴沉着脸，点了点头。

“是啊。奥格达就不用说了，近年来就连东、西坎塔鲁也出现了高温多雨的天气。事态紧急，明天就把这事告诉伊尔，让他加强监督。”

马修的嘴角微微扭曲。

“兄长听到这个消息后，最先考虑的，恐怕和您想的不是一件事。”马修用手指摩挲着茶杯的把手说。

“奥格达走私鸟粪石，生产肥料，企图背着帝国积累财富。如果奥格达的水田暴发奥约玛虫害的话，兄长应该觉得是个天赐良机吧。”

拉奥眉头皱了起来，想说什么，到底没有开口。

马修接着低声说：“因为尝试在本国偷偷制作肥料，所以发生了从未有过的大规模的虫害。如果奥格达人能这么想，还有什么比这更有效的对策吗？利格达尔等从奥格达偷偷购买鸟粪石的家伙，一旦知道奥格达发生的惨剧，自然会犹豫要不要在本国制作肥料。同时，就算在没有使用自制肥料的地方暴发了奥约玛虫害，也可以归咎于是从奥格达飞去的。一石多鸟，一下解决了所有令人头疼的问题。”

拉奥神情苦涩。

“伊尔大概会这么说吧。我也同意伊尔的提议——装作对肥料一事一无所知。”

拉奥摇了摇头，叹了口气。

“真是屋漏偏逢连夜雨。伊尔的话，会说‘应该认为我们因此获得了制定对策的时间’吧。”

马修的视线落在画上。

“拉帕地区之外，有关于奥约玛的报告吗？”

“没有。慎重起见，我把信得过的香使派往了全国各地，也向各个种植区发出通知，进行了确认。目前只有拉帕有。”

“发现虫卵的地方已经烧掉了？”

“烧了，也仔细检查了周边地区，没有暴发的征兆。”

“这样的话，或许能争取到一些时间。”

拉奥一边点头一边说。

“而且，如果必须两个条件叠加才会暴发的话，还有办法。”

“……如果是那样就好了。可我不认为那种程度的害虫，会留下‘皇太祖脸色苍白’的记录。”

马修的目光落在那张皱巴巴的纸上。

“而且，即便如此，在目前的情况下，很难继续监视约玛是否会大量出现，甚至不能恢复在肥料中添加猕夏草的规定以防止奥约玛虫害暴发。因为改变这项规定的命令是由香君大人发出的。”

拉奥脸色一僵。马修看着那张纸，继续说：

“如果奥约玛虫害大规模暴发，兄长也会承认猕夏草很重要吧。可即便如此，也很难恢复那项规定。因为不仅对香使，对藩王国生产猕夏草的农民也说明了不购买猕夏草的理由。如果再次使用猕夏草，就会让人觉得奥约玛虫害暴发不是奥格达的错，从而对帝国赏赐的肥料产生怀疑。那样的话，就会动摇他们对香君大人和帝国的信赖。——兄长自不必说，皇帝陛下也不会马上同意重新在肥料中添加猕夏草。”

马修抬起头，看着拉奥。

“皇帝陛下和兄长考虑任何事情都把帝国眼下的形势放在第一位，可我们必须考虑几年、几十年、几百年以后的情况。”

马修的眼里闪着说不清是愤怒还是悲哀的光芒。

“卡修加家族——无论是新卡修加家族还是旧卡修加家族，都犯了大错，并且从未加以修正，一直走到了今天。不能再在这条错误的道路上继续走下去了。

“如果曾被认为不会再出现的奥约玛虫害会再次出现，甚至在不久的将来大暴发的话，那皇太祖记录下的其他事情可能也会变成现实。

“现在，走错一步，我们可能就要背负无法得到救赎的罪过——使无数人死于饥荒的大罪。”

拉奥直勾勾地盯着马修，过了好一会儿才低声说：“从你十七岁那年开始，你就一直在考虑这些事吧。我也考虑了很多，可我没有你那样迫切的危机感。”

马修突然笑了一下。

“您还记得吗？水桶底部的小虫子的事。”

“……”

“我正准备用水桶舀热水，突然看见水里有虫，但没能马上停下来，还是舀起热水，用来冲背。对虫子来说，一瞬间由生到死，根本不知道发生了什么事。听到我说这些，老师您说‘我们和虫子一样。世间万物皆如虫蚁。尽管如此，还是有虫子死里逃生，我们也还活着’。”马修用平静的声音说。

“那一刻，我在黑暗中看到了灯火，知道了原来在卡修加家族的当家人里，也有人这样想。”

马修慢慢站了起来。

“老师，今后也请您指引我，和我一起走下去。”

·7·

奥莉耶与马修

马修离开后，拉奥独自一人留在密室里，看着抄本，陷入沉思。

“这孩子和尤马真像。”

拉奥把尤马当成他的弟弟，眼前浮现出尤马的身影和眼神，拉奥叹了口气。

尤马是个开朗活泼的人，所以第一次见到他的儿子马修时，拉奥很惊讶。马修的眼神冷酷、阴沉。拉奥忍不住想这两人真的是父子吗？但每每接触到马修的内心，拉奥就会发现两人其实很像。

“尤马抗议的时候也是那样的眼神。”

被要求帮忙修改《香使诸项规定》时，年仅十七岁的尤马拼命向他的父亲表示抗议。拉奥一边回想着他抗议时的神情，一边用手轻轻描绘着抄本封面上的白色山脊。

“尤马找到这座山了吗？”

昔日乌玛鲁不过是个山间小国，能够成长为拥有广阔版图的帝国，契机就在连皇帝也不知道其所在的神乡——奥乐玛茨拉，以及把神乡与人世隔离开的，闪耀着白色光芒的神门所在之山——尤吉拉。

这幅画是与皇太祖一同到达神乡，把奥乐稻和香君带到人间来的卡修加家族的始祖留下的。尤吉拉的雄姿通过这幅画流传至今。

尤马一辈子都在寻找这座神门之山。

“我们对奥乐稻的可怕之处视若无睹，总有一天会目睹自己的愚行带来的后果。”

说这话时尤马那苍白的脸色让拉奥觉得奇怪。

拉奥也认为尤马的担忧有一定道理。

他们不知道第一代香君为什么做出那样的规定，贸然改变是否真的妥当，拉奥对此也感到不安。他担心如果自己判断失误，有一天会引发大灾难。

但是，灾难还没有发生，只是可能会发生而已。拉奥怎么也想不明白，尤马为什么会害怕到一脸苍白。

尤马离开帝都，周游各地。那时，拉奥也只是以为他不能接受新卡修加家族的人的想法，想证明自己是对的，并没有真正理解他的不安。

即使如今奥约玛虫害已经在现实中暴发，可在内心深处，他仍然抱有幻想，希望这只是暂时的。

但是，马修打心底感到恐惧。和他的父亲一样，自少年时代起，他一直担心会发生大灾难。

拉奥眯起眼睛。

“也有一部分是因为担心奥莉耶吧。”

如果大灾难来临，人们势必会把怨恨和愤怒的矛头指向香君。

对活神的崇拜走向另一个极端时，会发生什么？一想到这点，拉奥也感到一种迫切的恐慌。

“奥莉耶……”

拉奥不禁闭上眼睛。

“对你做了一件很残忍的事——对马修也是。”

香君不能结婚，也被严格禁止与男性交往。

当然，表面上没有这样的规定。但历代皇帝都命令卡修加家族的家主：一旦香君对某个男人产生深刻的感情，便秘密将香君杀死，并对外宣称她是病死的，随即迅速开始挑选下一任香君。

第一代香君有过恋人。

只有皇帝和卡修加家族家主的直系亲属才知道这件事。相传第一代香君与把她从神乡奥乐玛茨拉带回来的阿米尔·卡修加长期保持着恋爱关系，但她没有生下孩子。

由于香君没有留下子嗣就离开了人世，当时的皇帝拉姆朗决定寻找转世重生后的香君。这项制度一直延续到了现在。

虽然正史上没有记载，但卡修加家族流传着这样的传说：香君没有生下阿米尔·卡修加的孩子，这让皇帝拉姆朗松了一口气。

皇帝拉姆朗害怕香君的子孙和亲属不断增加，出现比皇帝更有权威的势力。因此，皇帝向卡修加家族下达密令：不让香君留下后代。

拥有肉体的神，舍弃肉身不断转世再生，这样的故事与“活神”的身份相符。这项制度提高了香君作为神的威严。

这项制度的好处不限于此。寻找转世重生的香君这个办法，对于顺利控制藩王国起了很大作用。——帝国希望从需要巩固关系的藩王国挑选香君，这项制度使之变成可能。

找出最有利用价值，美丽、圣洁，且聪明、听话的女孩并不是一件容易的事。好在，以第一代香君是在十三岁来到世间为由，编造出了转世重生需要十三年时间的传说。时至今日，这项制度没有出现大的疏漏。

只是，在漫长的历史中，曾经发生过一次危机，差点动摇了这个制度。——香君坠入爱河，怀了孩子。

皇帝给当时的卡修加家族的家主下了密令，香君在生下孩子前就去世了，和她相恋的男人也以病死的名义被处死。

从那以后，成为香君进入香君宫的女孩，到十五岁那年，就会被告知这件事。到那个时候，香君已经很清楚自己是什么样的存在，大多数情况下，即使听说这个可怕的“秘密规则”，也不会感到惊讶。

对于香君的故国，帝国会给予特殊的经济援助。

历代香君在十几岁的时候就明白，对于肩负“使故国繁荣，使帝国安定”重任的自己来说，不能期待获得身为一个女人的幸福。

“‘香君’的冠冕背后隐藏着‘放弃’。”

昔日奥莉耶说的这句话，让拉奥至今难以忘怀。

奥莉耶是拉奥挑选出来的香君候选人。

当时，拉奥作为统率香使的大香使，亲自出马，到藩王国各地寻找香君。

那时，利格达尔藩王国在与邻国东坎塔鲁藩王国的斗争中处于劣势。如果东坎塔鲁以藩王一族之间联姻等合法形式，吞并利格达尔，就会成为帝都附近的一大势力。

担心这一点变成现实的皇帝命令卡修加在利格达尔找到香君候选人。拉奥肩负这个任务，秘密到访十二年间挑选出的候选人的所在地，对她们进行仔细观察。

每个候选人都美丽又聪明，其中奥莉耶更胜一筹。她活泼开朗，整个人闪闪发光，吸引了拉奥的目光。

周围的孩子和大人都被奥莉耶吸引，但她自己并没有意识到这一点，这种恰到好处的“迟钝”也令人心生好感。

最重要的是，奥莉耶是个好姑娘。她关心他人胜过关心自己。拉奥认为这是最重要的。

香君要放下自己，为别人而活。凡事先考虑自己的姑娘，无法承担活神的使命。

她的父亲出身良好，但只是个小领主，为人豁达，对自己的生活很满意。即使女儿成为香君，也不会利用这一点发动政治斗争，这正符合帝国的要求。

选择奥莉耶时，一方面拉奥为能找到这样的女孩而感到安心；另一方面，一想到这个天真无邪的女孩今后要走的道路，又不禁为她感到悲哀。

奥莉耶比拉奥想的还要坚强，很清楚自己的职责，没有辜负他的期望。

尽管如此，作为香君生存下去的重任还是“侵蚀”了奥莉耶。

不了解过去的奥莉耶的人不会注意到，但她的身心确实悄悄发生着变化。这让拉奥感觉很危险。他开始思考，哪怕是一小段时间也好，有没有办法让她从“香君”的角色中解放出来，减轻她的心理负担。

首先，他为奥莉耶创造了离开香君宫生活的机会。让她在“利亚菜园”生活一阵后，奥莉耶精神头变好了一些。但是，“利亚菜园”里的人太多，在菜园的人面前，即使不是作为香君，她也要装出一副贵人的做派，不能完全放松下来。

那时，拉奥着手进行了几项改革。

建立尤吉诺山庄便是其中一项。他把在“利亚菜园”不能做的一些事情交给他的表兄，也是他的盟友塔克与他的妻子。

山庄周围没有村落，没有人能进入。见到那个与世隔绝的山庄时，拉奥突然想到“在这里的话，奥莉耶或许能彻底放松下来，好好休息”。

拉奥想得没错。

在只有塔克夫妇和他们的儿子生活的山庄里，奥莉耶作为一个普通女孩，和了解事情真相的他们一起生活。得到喘息之机后，奥莉耶像枯萎的花儿遇到及时雨一样，恢复了往日的活力。

从那以后，在没有出巡等任务时，奥莉耶经常到“利亚菜园”和尤吉诺山庄去。

找到一个能够喘息的地方，奥莉耶就能一辈子作为香君活下去吧。就在拉奥松了一口气的时候，陡然生出了一个小波折。——奥莉耶遇上了马修。

当时，马修刚刚被迫离开母亲和族人，来到远离天炉山脉的帝都。

他被带回来辅佐将要成为新卡修加家族家主的伊尔，默默完成各种各样的任务。最初，他被带到了“利亚菜园”，因为半夜移栽植物而被农人责备恶作剧。他因此打了几个农人，引起了一场骚动。

被打的几个农人属于旧卡修加家族，对从新卡修加家族来的马修总是阴阳怪气的，这也是使骚动升级的原因之一。拉奥发现了这件事，但无论因为什么，都不允许采取暴力手段，必须对马修施加相应的惩罚。

当问到马修为什么要做这样的恶作剧时，马修只是用他闪烁着异样光芒的双眼看着拉奥，什么也没说。他的态度激怒了农人和菜师等人。所以，拉奥想还是先让马修离开“利亚菜园”为好。

可是，如果让犯了错的马修就这么回到新卡修加家族，本来就身处微妙立场的他恐怕会越发遭到冷眼，荒芜的内心会越来越荒芜吧。

拉奥正发愁如何保护好友尤马的儿子。某天夜里，奥莉耶突然一个人来访。

然后，她说出了让拉奥深感意外的话。

“您看见那个少年移栽的花了吗？”

被奥莉耶这么一问，拉奥发现他并没有问马修移栽了什么。

奥莉耶的脸颊微微泛红。

“我翻看了操作手册，通过移植，他把那些花从别的植物的影响下救了出来。”

拉奥大为吃惊。

为了辅佐下一任卡修加家族的家主，马修被派来学习与植物相关的知识。可刚刚被派来的马修不可能知道哪种植物会阻碍其他植物的生长。这些知识之后才会教给他。

“您可能会说‘这怎么可能’……”

直到今天，拉奥还记得奥莉耶说这话时眼里闪烁的光芒。

“他通过香味就能分辨出来，植物之间是如何相互影响的吧？”

拉奥问她为什么会这么想，奥莉耶的脸颊变得越来越红，很小声地说。

“夜里我看见了他移栽那些花。那个时候，他频频做出闻气味的动作。”

光凭这一点，拉奥并不相信马修靠嗅觉就能闻出某种植物如何妨碍其他植物生长。不过，当时他正在找机会帮马修。看到奥莉耶的表情，他突然想到可以把马修送到尤吉诺山庄去。

正好，塔克夫妇请他帮忙，说山庄人手不够，如果有能干的年轻人就给他们送过去。所以，拉奥想，以惩罚的名义把马修送到山上去劳动是个好主意。

在尤吉诺山庄，马修可能遇见奥莉耶。那时，拉奥完全不觉得这有什么不妥。

马修是新卡修加家族家主的嫡系子孙，从身份上来说，很有可能见到香君。况且，他的身份决定了他可以知道那些秘密。所以，拉奥觉得即便他们见面，也不会有什么问题。

“……从什么时候开始的？”

两人之间产生了那么深刻的感情。

当初，没有一点征兆。

只是，结束在尤吉诺山庄的劳动，回到新卡修加家族的马修，在一年时间里发生了惊人的变化。

浑身带刺、像把利刃一样的少年，变成了沉默寡言、内心坚韧的男人。

以致新卡修加家族当时的家主拉诺什半是苦涩，半是开玩笑地说："真该向塔克夫妇学学如何驯服野马。"

马修在一年之内完成了通常需要三年才能完成的修行，成为香使，陪着香君巡游帝国各地。随后，以二十岁不到的年纪，被破格提拔为高级香使，处理诸多机密事项。

马修头脑聪明，办事认真，表现突出，以至伊尔开始担心他会不会超过自己，争取家主之位。但马修对政治完全不感兴趣，一味在帝国各地巡游，像被什么附身了一样。

当时，谁也没有想到马修会爱上香君。马修面对香君时表现得很冷静，甚至有些冷淡。周围的人都没有发现他们的恋情。

拉奥有时会想"如果没有发生那场灾难"，或许两人到现在也不会被发现，仍维持着恋爱关系吧。

打破两人编织的防御网的是奥莉耶。

那个时候，冬天比现在长，气候寒冷。

山岳地带经常下雪，通往山间村落的道路，在冬天常常被大雪封路，使得这些村落与世隔绝。

春天快要到来时，会经常发生雪崩，有时会把好不容易挖通的道路又堵上。

香使巡视帝国各地，向富国省汇报各地农事与季节变化的情况。

因此，香使熟知各地的气候风土，懂得如何规避危险。可即便如此，也无法完全防范天气突变、雪崩等状况带来的危险，偶尔也有人因此丧命。

“包括马修在内的三名香使可能在翻山途中遇难”的消息传来时，拉奥正在香君宫和奥莉耶一起吃午饭。

多次发生雪崩，现场状况惨烈。在听取报告时，奥莉耶一动不动，表情也没有一丝变化。只是，拉奥至今还清楚地记得，她的脸变得像纸一样白。

虽然当场就派出了搜救队，但通往事发地的道路有许多地方被雪崩堵塞，后来迟迟没有消息传回来。

几天后的夜里，奥莉耶突发高烧，病倒了。

不久，奥莉耶就痊愈了，也传来了马修等人平安无事的消息。拉奥刚觉得松了一口气，谁知一个流言很快在香君宫的侍女间传了起来。

传言说，奥莉耶高烧不退的时候，一直在叫马修的名字。

当时，拉奥的女儿米吉玛负责担任香君的近身香使。当他从米吉玛口中听说这样的流言蜚语在香君宫的侍女间蔓延时，拉奥感到了一种深深的恐惧，好像胃被人揪住了一样。

他的眼前浮现出接到马修可能遇难的消息时，奥莉耶那张刷白的脸。

发高烧，病中喊马修的名字，她对马修的关心的确非同寻常。难怪侍女们说闲话，认为他们之间有恋情。

正当拉奥为了该如何处理这件事而烦恼的时候，回到帝都的马修以“让您为我担心，实在抱歉”的名义，到访了旧卡修加家族。

等只剩下他们两人时，马修用谈论天气般的口吻问道：“对了，老师，您是想毒死香君大人吗？”

他说得随意，却让拉奥觉得毛骨悚然。仿佛他一旦回答错误，马修立刻就会拔刀相向。在那一瞬间，拉奥意识到马修也爱着奥莉耶。

“发生了必须毒死她的事吗？”拉奥厉声问道。

马修低声答道：“如果您问我对她是否有爱慕之情，这个问题并没有意义。

“不管是事实，还是毫无根据的谣言，只要有这样的传言，香君大人就有被毒死的危险。我让奥莉耶大人暴露在死亡的危险中是不争的事实。”

“话虽如此，可万一她怀孕了……”

马修摇了摇头。

“没有。”

马修眼里闪烁着异样的光芒，直视着拉奥。

“但是，我的兄长已经开始寻找证据了。如果找到什么有用的证据，他会欣然向皇帝陛下提议处置我吧。”

马修说得没错。在伊尔看来，这无异于天赐良机。

伊尔很不放心马修，想借此机会铲除马修也不足为怪。

“我会离开卡修加家族。”

马修淡然地说。

“这次就算兄长如何努力调查，也找不到能说服陛下的证据。

“但是，既然被兄长发现了可乘之机，那么从今往后，奥莉耶大人和我将会面临前所未有的恶意的猜忌和监视。——我怎么样都没关系，但我不想让她过那种一刻也不得安宁的生活。”

说到最后，马修的声音有些沙哑。

马修从不让人看透自己。听到他嘶哑的声音，拉奥觉得心脏被针扎了一下。悲伤的情绪从针眼一点点渗透出来，在心底蔓延开来。

奥莉耶那张惨白的脸浮现在眼前。

在十五岁与十七岁时相遇，如果是普通男女，两人之间培养起来的感情本该是人生最宝贵的财富。

可是，对他们来说，这种感情是绝不被允许的。

拉奥闭上眼睛。——现在没有时间后悔过去，应该考虑下一步采取什么措施。

叹了口气，拉奥睁开眼说：“我能理解你的心情，可你现在离开卡修加家族，反而会被怀疑传言是事实。”

马修嘴角露出一丝微笑。

“所以，我来拜访您。”

“……”

“能不能说是您教我的？您告诫我：就算传闻不是事实，可问题不在这里。出现流言蜚语本身就伤害了香君大人。如果继续让你担任高级香使，陪同香君巡视各国，不知道还会传出什么样的谣言。身为卡修加家族的嫡系男子，你要想想怎么做才是最好的，要谨言慎行。”

一口气说完，马修补充道：“如果您能告诉家主大人，我觉得这是回避与兄长冲突的好机会，那就太好了。”

这番话是这么周到，让拉奥觉得马修已经考虑了很久，在这种情况发生时该如何应对。

“离开卡修加家族后，你打算怎么办？”拉奥问马修。

“加入五峰军。”

听到意料之外的答案，拉奥一时不知该说些什么。

因皇太祖越过五座山峰平定各氏族而得名的五峰军，是守卫国境的精锐部队。

与守护皇帝和帝都的禁卫军不同，这支守护在国防最前线的军队作风粗暴。

很多人对卡修加家族把持朝政一事感到不满。

“你要加入近卫军的话另当别论，为什么要加入五峰军？”

“近卫军离卡修加家族太近了。”

“但是……”

拉奥深感失望，叹了口气。

“真令人遗憾。——我希望你能待在新卡修加家族。”

那时，在马修的强烈建议下，在尤吉诺山庄开始了那项绝密的工作。拉奥希望他能够成功。最重要的是，拉奥觉得如果马修留在新卡修加家族，将来一定大有可为。

“我一直希望你能成为富国省的掌权人，改变现在的体制。”

拉奥说完，马修的眼神突然变得柔和起来。

“老师，您这么想对我来说是救赎。谢谢！”

随后，马修用低沉却坚定的声音说：

“走出去是为了做一些待在这个圈子里做不到的事。虽然现在还看不到任何征兆，但危难的时刻一定会来临。到那时，我一定会找到一条不让人们坠入地狱的道路！”

按理说五峰军中的生活并不轻松，但不到一年马修就当上了千骑长，率领上千士兵。

但是，他又果断放弃眼前这条成为军中大将的阳光大道，加入了藩王国监视省旗下负责刺探藩王国内情的密探组织“根”。很快，他便获得皇帝信赖，被任命为视察官。

在这一不断发生变化的时期内，马修也多次拜访拉奥，向他述说如何避免灾难发生。

拉奥和马修一起思考，坚持他的计划，一步步走到了现在。

如今，马修找到了一把“钥匙”，很可能打开一扇新的大门。

老师，我找到了真正的香君。

读到马修送来的那封信时所感受到的惊愕和不安，此刻又在拉奥心底蔓延开来。

泛黄的《香君异传》中的一节——皇太祖看到奥约玛时，脸色苍白，嘟囔的那句话，从那天开始不断出现在拉奥脑海中。

饥饿阴云，笼罩天空。大地万物枯萎，人无果腹之食。啊，香君啊！请您从风中读取万象，拯救众生吧！

“如果她是真正的香君……”

那笼罩天地，将人们逼到饥饿绝境的“饥饿阴云”也会出现在现实中吗?

脑海中浮现出一直被认为不过是“古老传说”的奥约玛，拉奥又叹了一口气。

“必须做好准备。”

已经出现征兆是个不争的事实。如今他们要做的是设想最坏的后果，并做好准备。

“首先要处理拉帕的奥约玛。”

假装同意伊尔意见的同时，必须采取强有力的措施，防止奥约玛向其他地区扩散。

拉奥长长地叹了口气，慢慢站了起来。

一走出密室，他就被耀眼的阳光包围。

就像午睡醒来，发现还是白天，感到有些惊讶那样，拉奥眺望着窗外广阔的绿色森林。

望着窗外永恒不变的景色，拉奥低声说："希望你们能永远保持现在的样子。"

图书在版编目（CIP）数据
闻香少女爱伊莎．神秘的异乡人 /（日）上桥菜穗子著；李青译．-- 广州：新世纪出版社，2025.1. -- ISBN 978-7-5583-4471-8
Ⅰ．I313.45
中国国家版本馆 CIP 数据核字第 2024HA4109 号

广东省版权局著作权合同登记号　图字：19-2024-269 号

出 版 人：陈志强
责任编辑：耿　芸　李　丹
责任校对：陈姣姣
责任技编：王　维
封面设计：一　林

闻香少女爱伊莎·神秘的异乡人
WENXIANG SHAONÜ AIYISHA · SHENMI DE YIXIANGREN
［日］上桥菜穗子　著　李青　译

出版发行：南方传媒 | 新世纪出版社（广州市越秀区大沙头四马路 12 号 2 号楼）
经　　销：全国新华书店
印　　刷：三河市中晟雅豪印务有限公司
开　　本：700 mm × 980 mm　1/16
印　　张：11.25
字　　数：124.2 千
版　　次：2025 年 1 月第 1 版
印　　次：2025 年 1 月第 1 次印刷
定　　价：35.00 元

质量监督电话：020-83797655
购书咨询电话：010-65541379